D1150021

Quelle heure est-il, Charles?

Du même auteur

Viens-t'en, Jeff!
Montréal, Boréal, 1990

Jacques Greene

Quelle heure est-il, Charles?

roman

Boréal

Maquette de la couverture : *Rémy Simard*
Illustration de la couverture : *Pierre Gosselin*

© **Les Éditions du Boréal**
Dépôt légal : 3ᵉ trimestre 1991
Bibliothèque nationale du Québec

Diffusion au Canada : Dimedia

Données de catalogage avant publication (Canada)

Greene, Jacques, 1944-

Quelle heure est-il, Charles ?
(Boréal Inter ; 14)
Pour les jeunes.

ISBN 2- 89052-419-1

I. Titre.

PS8563.R41Q44 1991   jC843'.54   C91-096601-X
PS9563.R41Q44 1991
PZ23.G73Qu 1991

À Ghislaine.

Contrairement à l'idée que s'en font les vieillards, demain est pour les enfants un jour qui n'en finit plus de se faire attendre.

Albert Brie

1

— Hé ! M'écoutes-tu ?

— Han ?

— J'ai dit : « M'écoutes-tu ? »

Les écouteurs plaqués sur ses oreilles, Patrice Auger balançait la tête comme un pigeon, au rythme des crachotements de son baladeur. Branché sur l'autosuffisance, il ne s'intéressait pas aux propos de son voisin.

— Y a rien à faire avec lui.

D'un geste vif, Éric Lanoue fit sauter les écouteurs de son camarade. S'ensuivirent quelques coups de coude et des mains saisies au vol, jusqu'à ce qu'intervienne le chauffeur :

— Hé ! Calmez-vous, en arrière !

Patrice remit ses écouteurs en place en vociférant :

— Laisse-moi donc tranquille, Lanoue !

L'autobus jaune s'engagea dans la cour de la polyvalente. Le sac en bandoulière, Patrice Auger se précipita dans l'allée avant l'immobilisation complète du véhicule. Ballotté d'un banc à l'autre par le roulis, il encaissait les poussées de ses compagnons comme un rituel auquel il devait se soumettre avant de commencer sa journée.

— Auger, si t'arrêtes pas de faire le clown dans l'autobus, un de ces bons matins, tu vas marcher jusqu'à l'école. C'est la dernière fois que je t'avertis. T'as compris ? Comment ça se fait qu'un petit cul comme toi mène tant de train ?

Sitôt la porte de sa case déverrouillée, le fouillis retenu à l'intérieur depuis la veille se déversa sur le plancher. Il n'en fallait pas davantage pour inviter ses voisins à piétiner ses effets personnels.

— Cherches-tu ton devoir de math, Auger ?

Une fois le troupeau passé, Patrice tria ce qu'il lui fallait pour ses premiers cours avant de « pelleter » le reste dans sa case. Il se présenta en classe en retard, pour lire sur le visage de son professeur toute la contrariété que suscitait son arrivée.

— *Hi sir, here I am.* Tourlou, monsieur, me voici !

Les lèvres fines s'étiraient au caprice des mots prononcés, en faisant danser des plis d'amertume tailladés dans ses joues creuses.

— Auger, contente-toi de te taire et de prendre ta place.

En imitant son professeur d'anglais, il martela :

— Au-ger, *keep-quiet-and-take-your-place.*

— Je peux me passer de ta traduction, garçon... *All right, everybody, get your homework out. We...*

— Hé, monsieur, si j'ai fait mon devoir dans l'autobus, est-ce que c'est un *buswork* ?

— Auger, prends tes affaires et va-t'en chez le directeur. J'ai pas le goût d'entendre tes niaiseries aujourd'hui. Dehors ! Je ne veux plus te voir la face !

C'est comme cela que Patrice Auger se retrouvait le plus souvent chez le directeur, à la porte de sa classe ou à la cafétéria, quand ce n'était pas dans une artère commerciale à fureter aux comptoirs des bijouteries. Car il nourrissait une passion : il était fasciné par les montres. À tel point qu'il figeait lorsqu'il en examinait une, subjugué par la forme, la couleur ou l'originalité de son cadran, ainsi que par son mécanisme. Voir ainsi le temps mesuré le transportait dans un état second.

— Qu'est-ce que tu fais là, jeune homme ?

La vendeuse s'était lassée de voir ce garçon appuyé contre le comptoir vitré depuis dix bonnes minutes.

14

— Je fais juste regarder, madame.

— Je suis certaine que les montres que tu vois dans cette vitrine sont au-dessus de tes moyens. La moins chère frôle les quatre cents dollars. Allez, fiche-moi le camp !

Patrice ajusta ses écouteurs et déserta la place au rythme déchaîné de sa musique rock.

*　　*　　*

À le voir gravir les marches du long escalier extérieur, jamais on n'aurait soupçonné l'âge véritable de Charles Maltais. En tout cas, pas ce matin-là. Si la tête formait avec le tronc une droite immuable de l'occiput jusqu'au fessier, les jambes, elles, conservaient le ressort d'un homme ayant trente ans de moins. À vrai dire, seuls l'écouteur beige à l'oreille gauche et les tavelures sur sa peau trahissaient ses soixante-dix-huit ans.

Une fois le tablier de l'escalier atteint, il pressa le journal contre sa poitrine, glissa sa main libre sous le pan de son imperméable pour en retirer une clé, qu'il fit prestement jouer dans la serrure. La porte donnait accès à une cuisine, petite mais fonctionnelle, avec un comptoir en U qui s'ouvrait sur une modeste salle à manger. À droite, un couloir débouchait sur une chambre à coucher et la salle de bains. Une autre pièce, fermée à clé, servait de refuge à Charles dans ses moments de méditation. Il avait baptisé cette retraite : le Parasol. Sur le côté sud de la cuisine, un autre passage conduisait au salon et à une autre sortie donnant sur l'escalier intérieur et l'entrée principale.

Il retira son manteau pendant que Chenapan, son chat noir, se frottait les côtes à ses chevilles, le gratifiant de ses ronrons. « Mais oui, mais oui ! Je te donne ta nourriture tout de suite. Sois patient... »

Il se fit par la suite une tasse de thé avant de prendre place à la table, le journal bien étalé devant lui. Les lunettes ajustées sur le bout du nez, Charles promena son regard d'un titre à l'autre, se limitant à lire les deux ou trois premières lignes de chaque article. Plus le temps s'écoulait, plus ses yeux s'enfonçaient dans leur orbite pour mieux se focaliser sur la nouvelle qui l'intéressait.

La veille, comme d'habitude, Charles avait entamé sa journée par une promenade autour du parc. Et c'est au moment où le soleil s'apprêtait à enflammer toutes les façades des maisons de sa rue qu'il avait vu un adolescent passer en trombe avec une espèce de baluchon au bout du bras. Une course folle où des jambes arquées poussaient désespérément sur le sol et où des bras repliés atteignaient, dans leur balancement, la hauteur d'une tête enfouie dans les épaules. Une chevelure abondante qui flottait au vent et, derrière, de bruyants mais éphémères nuages échappés d'une respiration haletante. Un vol venait d'être commis à la bijouterie Lefort, quatre artères plus bas, au coin des rues Saint-Charles et Richelieu. Et il avait bel et bien vu cette jeune silhouette prendre la poudre d'escampette dans la brume matinale.

VOL DANS UNE BIJOUTERIE

Un vol évalué à plusieurs centaines de dollars a été commis hier vers six heures du matin à la bijouterie Lefort sise au 148 de la rue Richelieu. Le ou les voleurs ont pris la fuite après avoir défoncé la vitrine et s'être emparés des montres exposées. La police est toujours à la recherche d'indices pouvant permettre l'arrestation du ou des malfaiteurs.

Le vieil homme tira délicatement sur une chaîne en or au bout de laquelle se mit à osciller une montre de gousset tout aussi précieuse. Puis il actionna le mécanisme qui ouvrit la petite porte ronde et bombée emprisonnant le temps. Charles porta d'un geste élégant cette relique à son oreille, ferma les yeux et se mit en quête d'un tic-tac rassurant au cœur du silence. Un sourire se dessina sur ses lèvres. La montre maintenant blottie au creux de sa main et maintenue presque à bout de bras, il plissa les yeux pour la consulter. 7 h 28. « Allez, secoue-toi, mon bonhomme ! Si tu es en vie, c'est que tu dois encore avoir des choses à accomplir. » Il ferma le boîtier en faisant claquer sa langue au palais.

C'était, autour de lui, la seule indication de l'heure que l'on pouvait trouver. Aucune horloge, tant de table que murale, n'était tolérée dans son appartement. Il avait même détraqué ou masqué celles des appareils ménagers. L'heure en affichage numérique alimenté par cristal liquide représentait pour lui du temps sans âme, du temps robotisé, aseptisé dans le froid bleu et fade. Seule sa montre à double boîtier savait lui confier une heure vivante et raisonnable. Chaque fois qu'il la consultait, il éprouvait du plaisir à commander le temps du bout de ses doigts. Car le besoin de l'ajuster lui confirmait que la mécanique s'élevait à lui et non l'inverse, de la même manière qu'elle lui adjugeait un droit à l'erreur. Charles

Maltais ne pouvait s'empêcher de critiquer l'infaillibilité du monde moderne. «Je ne marche plus dans la parade... mais, au moins, je vis. Qu'y a-t-il de plus plaisant que de se tromper de temps en temps?»

2

Patrice zigzaguait depuis une bonne demi-heure à bicyclette dans les allées du parc Mercier lorsque Charles Maltais apparut dans l'allée centrale, tirant un léger panier pliant. Deux sacs témoignaient de ses achats chez le quincaillier. Le corps droit, il avançait d'un pas presque alerte vers deux adolescents assis sur un banc vert et quelque peu déglingué. Patrice s'immobilisa en bordure du chemin. Il sentait qu'on fomentait quelque sombre projet à l'endroit du vieillard qui s'approchait.

— T'as peur de lui demander !

— Demande-lui, toi ! Parle fort parce qu'il est sourd.

Patrice éteignit son baladeur et s'appuya contre son vélo. Charles arrivait à la hauteur des deux garçons lorsque l'un d'eux lui corna aux oreilles :

— Hé ! le vieux ! C'est vrai que tu as une barre de métal dans le dos ?

Charles s'arrêta net, prit le temps de se racler la gorge et se retourna lentement d'un bloc. La réponse se voulait calme, lancée d'une voix bien timbrée :

— Oui, mon garçon... Et je te laisse le soin d'imaginer par où on me l'a passée.

Sur ce, il leva la tête vers Patrice pour lui faire un clin d'œil aussi complice qu'inattendu. Ce dernier répondit d'un sourire timide pendant que les deux drôles se grattaient le crâne, plongés dans les hypothèses les plus fantaisistes.

Charles poursuivit sa route, fier de sa réponse et convaincu que le jeune à bicyclette était bien celui qu'il avait aperçu l'autre matin, s'esquivant comme un lièvre.

*   *   *

Il était déjà dix heures, ce même samedi, lorsque Charles entreprit de fabriquer une petite armoire de rangement pour le Parasol. Installé dans l'arrière-cour, une première planche assujettie à de petits tréteaux métalliques, il déroula son ruban à mesurer jusqu'à la longueur désirée et traça une marque de scie à l'aide de son équerre. Il plaça ensuite son égoïne sur le trait noir et la fit chanter d'un mouvement régulier.

Une atmosphère imprégnée de vénération se répandit dans le lieu. Les odeurs mielleuses et farineuses du pin, la turlurette de la scie, le chuintement du rabot sur les arêtes, tout trahissait le ravissement et la générosité de cet homme. Chenapan froufroutait dans les copeaux. Charles se mit à siffloter des accompagnements aux chants d'oiseaux qu'il n'entendait presque plus. Qu'importe, sa beauté se faisait intérieure.

À l'entrée de la cour, accoudé au guidon de sa bicyclette, un garçon observait le vieux depuis un bon moment déjà. Un curieux mélange d'agressivité et de respect lui montait à la gorge. Il aplatit les écouteurs de son baladeur sur ses oreilles, ne sachant trop s'il devait s'éloigner ou attendre encore. Charles sentit alors une présence gênante derrière lui. Il se retourna lentement, toujours d'un bloc, et aperçut le jeune cycliste rencontré au parc quelques heures plus tôt.

— Tu cherches quelque chose, mon garçon ?

Patrice Auger s'approcha. D'une voix tremblotante mais forte, il lança :

— Vous allez me dénoncer, hein ?

Charles prit soin de déposer son rabot sur le côté pour ne pas en ébrécher la lame, il secoua la poussière de sa salopette de ses deux mains vigoureuses et plongea son regard dans celui de son interlocuteur.

— Tu penses pas que ça serait déjà fait ?

Il tira sur sa chaîne en or et dévoila la montre à savonnette qui se mit à osciller et à tournoyer devant les yeux de l'adolescent. Patrice s'abandonna à l'hypnose qui l'envahissait. Et pendant tout le temps que le vieil homme prit pour consulter sa montre, il se laissa envoûter par la dignité du geste.

— Ouais ! C'est l'heure de la soupe ! Et toi, mon garçon, s'il te venait à l'idée de me chiper quelque chose, arrange-toi pour le faire avant que je sois rendu là-haut. Sinon, tu recevrais un coup de douze aux fesses avant même de sortir de la cour.

Sur ce, Charles nettoya plus conscien-cieusement ses vêtements et laissa son jeune interlocuteur à ses réflexions. Ar-rivé au milieu de l'escalier, il se retourna :

— Au fait, quel est ton nom, mon bonhomme ? Moi, c'est Charles.

*   *   *

Patrice restait toujours là, à califour-chon sur le cadre de sa bicyclette, le tronc tendu jusqu'au guidon, à tambouriner des lèvres en se branlant la tête et le postérieur. De temps à autre, le vieux jetait un coup d'œil par la fenêtre. Ce garçon commençait à l'intriguer, tiraillé qu'il était entre son envie de le faire déguerpir et le goût d'explorer davantage cette jeunesse.

Lorsqu'il revint pour continuer son ouvrage, Patrice s'empressa de lui demander s'il pouvait lui donner un coup de main. Charles ne savait trop quoi répondre.

— ... Je peux m'arranger tout seul.

— Je pourrais vous aider à sabler ou à ramasser.

— Si tu y tiens.

À trois reprises, Patrice s'informa de l'heure.

— Écoute, mon garçon, si tu veux t'en aller, gêne-toi pas. Je te l'ai dit, je peux très bien m'arranger tout seul.

Malgré tout, le tandem survécut le reste de l'après-midi. Charles eut le temps de tailler toutes ses pièces de bois, de les poncer et de les ranger dans la grande remise qui lui était réservée au fond de la cour. Patrice s'en fit cependant interdire l'accès. Et il en conclut que les vieux étaient tous les mêmes : attachés à leurs bébelles et pleins de cachettes.

Charles bomba le torse, satisfait de sa journée.

— Bon ! Demain, je ferai l'assemblage.

— Oh ! Je peux revenir, monsieur ?

Le vieil homme ne s'y opposait pas. Au fond, le travail se ferait mieux à deux. Et ce garçon, il souhaitait le connaître davantage.

* * *

Le lendemain, Patrice ne donna aucun signe de vie. Charles comprit que le jeune homme avait sans doute trouvé des activités plus stimulantes à faire que de l'assister dans son travail. Il assembla donc son meuble et un voisin l'aida à monter l'ouvrage jusqu'au tablier de l'escalier. De là, il réussirait à pousser son chef-d'œuvre à l'intérieur jusqu'au Parasol, une fois la couche protectrice appliquée et séchée.

Trois semaines plus tard, il reçut l'appel d'une fonctionnaire, une demoiselle Lepage, qui se disait déléguée à la jeunesse et qui souhaitait le rencontrer. Le vieux n'y comprenait absolument rien. Le nom de Patrice était revenu à quelques reprises durant la conversation et c'est à cause de cela qu'il avait accepté de rencontrer cette personne le lendemain... chez lui. « Parce que je sais que vous avez du mal à vous déplacer », lui avait-elle dit. Le vieillard n'avait pas relevé cette dernière remarque mais se demandait bien d'où la dame tenait ses renseignements. « Du mal à me déplacer, mon œil ! »

*   *   *

Charles ne mit pas de temps à comprendre le fin fond de l'histoire lorsqu'il reçut la déléguée en question, une grande fille au regard à la fois doux et déterminé.

Geneviève Lepage, une perfectionniste, n'endossait les politiques du ministère des Affaires sociales que dans la mesure où elles s'avéraient applicables. Aussi aimait-elle vérifier sur place si les choses allaient rouler comme elle le voulait.

Patrice s'était fait coincer. On avait découvert le butin chez lui, dans sa chambre. La représentante du directeur provincial avait offert au jeune contrevenant de participer au programme de mesures de rechange. L'adolescent avait accepté et suggéré qu'on lui permette de s'occuper de Charles.

La déléguée dut user de toute sa diplomatie. Passe encore qu'elle souligne les distractions, la santé délicate du septuagénaire, ou encore le mal qu'il avait à se déplacer, mais pas question de rapporter les termes précis que Patrice Auger avait utilisés pour décrire son incontinence. Le vieil homme devina pourtant ce qui se cachait sous les prudents propos de la jeune femme et sentit son visage s'empourprer à mesure que la déléguée avançait dans ses explications.

— Je comprends votre trouble, M. Maltais. Vous n'avez pas à rougir de votre condition.

Elle ne faisait de toute évidence pas la différence entre la colère contenue et la gêne.

— Vous devriez songer à prendre un rez-de-chaussée. Ce serait moins pénible pour vous.

Pas question d'argumenter là-dessus. Aussi Charles se borna-t-il à lui servir une formule toute faite.

— Vous savez, je suis très attaché à mon logement.

— Bon ! Alors, si vous y consentez, Patrice pourrait venir vous aider à vous déplacer et à faire vos travaux à la maison : le ménage, le lavage, les courses, enfin tout ce que vous jugerez utile. Nous exigerons de lui le strict respect des engagements qu'il a signés avec nous. Et ce, pour les deux prochains mois, c'est-à-dire pour toutes les grandes vacances. Nous vérifierons régulièrement auprès de vous si ce garçon s'acquitte convenablement de ses tâches.

Et pour l'encourager à s'engager dans le processus de réhabilitation de l'adolescent, elle avait ajouté :

— Vous savez, nos jeunes continuent souvent leur démarche après le délai prescrit.

Charles exigea un jour ou deux de réflexion. Pour la forme. Pour que le Patrice se morfonde un peu. Mais il était bien décidé à faire ravaler toutes ces calomnies à celui qu'on allait lui confier.

*   *   *

La sonnette de la porte d'entrée avait vibré cinq fois déjà. Charles faisait languir son travailleur bénévole. Après tout, il était censé avoir de la difficulté à se mouvoir, non ? De l'autre côté de la porte, Patrice s'impatientait. Le vieux était sourd, mais quand même ! À moins qu'il n'ait débranché son appareil ?

— Tiens ! Te voilà, toi ! Entre, je

crois qu'on a à se parler.

— Écoute, je sais ce que tu penses. J'avais pas le choix, fallait que j'en mette un peu si je voulais que la responsable accepte ma suggestion. Je savais que tu serais d'accord et que ce serait plus *cool* pour moi de venir travailler ici.

— Ah! oui? C'est ce que tu crois? Eh bien, j'ai de petites nouvelles pour toi, mon jeune homme!

Le sourire goguenard de Charles en disait long.

— T'as pas envie...

— VOUS, mon garçon. VOUS n'avez pas envie...

— Vous... vous n'avez pas envie de me faire travailler pour de vrai? Sacrifice! Dans quel plat je me suis mis les pieds!

3

Charles maintint les guides serrés huit jours durant. Il fallait voir s'écarteler le travailleur bénévole entre le lavage, l'époussetage et la vaisselle sans compter la préparation des repas et le nettoyage de la litière du chat ; les écouteurs toujours coulés dans ses oreilles. Le bonhomme lui prêtait main-forte à l'occasion. Juste assez pour que le jeune contrevenant ne sache plus trop s'il avait bien fait de suggérer cette solution à la déléguée. Le neuvième jour, un incident cocasse allait modifier leurs rapports. Patrice s'était attablé devant son dîner, dandinant la tête sous sa musique. En face de lui, Charles retira soudain sa prothèse auditive et la déposa sur la table.

— Vous vous débranchez ?

Le vieux ignora la remarque, laissant le jeune garçon quelque peu perplexe. Mais ce dernier rattrapa vite le rythme en se trémoussant du spaghetti au cola, puis du cola au spaghetti. S'alimenter de la sorte tenait de l'exploit. Sitôt la fourchette ou le verre porté aux lèvres, la tête cessait de branler, laissant au reste du corps le soin de prendre la relève. À califourchon sur sa chaise, il se livrait alors à un rodéo, son bras gauche tournoyant dans les airs comme le ferait un cow-boy lançant son lasso. Le vieillard, décontenancé, observait la scène, ne se rendant même pas compte qu'en hochant la tête en signe de désapprobation il suivait lui aussi le rythme.

Deux minutes avaient suffi à Patrice pour engloutir son repas, alors que Charles avait à peine entamé le sien. Repu, le garçon avait diminué l'ardeur de ses gestes, se contentant de balancer la tête d'avant en arrière, les bras posés de chaque côté de l'assiette. Le bonhomme prit le temps de terminer son dîner. Puis il capta l'attention du jeune garçon en remuant vigoureusement les lèvres.

— Hein ? Qu'est-ce que vous dites ?

Charles mima de nouveau sa phrase. Et le manège dura jusqu'à ce que le vieux soulève un des écouteurs de l'adolescent pour lui lancer d'une voix forte et en articulant bien :

— Tu n'es pas tanné d'écouter de la musique en conserve ?

— Y a rien d'autre d'intéressant.

— Hein ?

— Y a rien d'autre d'in...

— Hein ?

— Y a seulement... Mettez votre appareil, vous entendez rien !

Charles fixait le garçon dans les yeux, un sourire attendri se dessinant sur ses lèvres.

— C'est drôle. Toi, tu te branches pour ne rien entendre, alors que moi, c'est pour ne rien manquer. Je te regarde aller depuis ton arrivée ici, mon garçon. On peut pas dire que t'es pas vaillant. Ça, non ! Seulement, il y a quelque chose que j'aimerais comprendre chez toi. Pourquoi faut-il que tu te coupes du monde comme ça ? Pourquoi cherches-tu à t'étourdir de la sorte ? As-tu peur de prendre le temps d'apprécier les choses ?

Patrice resta quelques instants interdit, ne sachant trop s'il devait rire ou pas des réflexions moralisatrices du vieil homme. Charles balança son regard d'un écouteur à l'autre jusqu'à ce que, gêné, l'adolescent les retire de ses oreilles et les enroule autour de son baladeur, avant de déposer celui-ci sur la table, juste à côté de l'appareil auditif beige. Comme s'ils avaient voulu conserver ce moment, les deux se regardaient, immobiles, le temps d'une photo : une photo noir et blanc égarée dans un album couleur.

— Si on essayait de se comprendre, mon garçon !

Charles tendit le bras jusqu'au baladeur pour le ramener vers lui. Patrice balaya de ses yeux vifs la main couverte de tavelures et le visage patiné du vieillard. Il l'observa dérouler les écouteurs et les ajuster religieusement à ses oreilles diaphanes et flétries. Mû par une force étrange, plus ou moins conscient de son geste, il prit à son tour la prothèse du vieil homme et l'approcha de son oreille. Charles, le regard rivé sur le coin de la table, essayait de saisir. Que se passait-il donc dans l'univers éloigné de cette jeunesse ? L'adolescent le regardait écouter. Des soupirs légers occupaient maintenant l'espace devenu silencieux. À l'échange de leur misère, les regards devinrent complices jusqu'à ce que les deux s'offrent un sourire tendre, convaincus de sceller ainsi un pacte par lequel chacun devenait le protégé de l'autre.

Charles reprit sa prothèse auditive et se leva, l'air soudain ragaillardi.

— Bouge pas ! Je reviens dans deux minutes.

Il s'élança dans le couloir et entra au Parasol d'où il ressortit aussitôt, un violon et un archet coincés sous l'avant-bras.

— Vous jouez...

— Tu peux me tutoyer, maintenant. Nous sommes du même bois.

Patrice se délecta de la remarque avant de lancer en badinant :

— Tu joues du violon ?... Ouache !

Le vieil homme enfonça son postérieur bien au creux de la chaise droite. Les yeux fermés, l'oreille tendue, il pinça chacune des cordes avec l'ongle du pouce, espérant que l'instrument fût bien ajusté. Il le cala ensuite entre l'épaule et le menton, la prothèse auditive le plus près possible du corps de résonance, l'archet délicatement maintenu à la verticale, entre le pouce et l'index, à une trentaine de centimètres du violon. Patrice, l'air amusé, attendait que le vieux s'exécute. Les deux pieds du bonhomme se mirent à marquer la cadence en se balançant de la pointe au talon à trois centimètres à peine du sol.

« Ti-que-tan, ti-que-tan, ti-que-tac-que-tac-que-tan. »

Puis l'archet vint en contact avec les cordes, libérant de la caisse du violon un génie trop longtemps retenu. La gigue irlandaise frissonnait maintenant dans la cuisine sous la baguette qui sautillait puis s'étirait en une plainte tiraillée dans une joyeuse cadence. Un baume fougueux sur la tourmente d'un peuple qui n'en finit plus de vouloir s'appartenir. Patrice écoutait, bouche bée, cette musique extirpée de l'âme du vieux. Une confidence émergeant du tréfonds. Pour communier au rituel, il se mit à taper des mains et à essayer de giguer avec Charles.

« Ti-que-tan, ti-que-tan, ti-que-tac-que-tac-que-tan. »

La frénésie des talons enterrait le mécontentement du locataire d'en dessous qui tentait de briser la cadence en heurtant le plafond du manche de son balai. Chenapan, lui, rêvait depuis le début de la gigue d'une mouche virevoltant contre la fenêtre, aussi folle que l'archet.

Lorsque Charles posa son violon sur la table, un bourdonnement douloureux l'assaillit soudain.

— Encore, Charles ! Joue encore, tu es génial !

Pour toute réponse, Patrice obtint une grimace de douleur. Il se pencha vers le vieil homme, la main sur son épaule.

— Ça va pas ? Je peux faire quelque chose ?

— Je n'entends presque plus. Il faut que je me repose un peu.

Sur ce, le septuagénaire saisit son instrument et son archet pour les ramener au Parasol. Mais Patrice freina son élan de ses yeux rieurs. En articulant bien pour que Charles puisse lire sur ses lèvres, il lui dit :

— Tu joues comme un as ! Tu m'as pris aux tripes avec ton violon.

Charles esquissa un sourire apaisant en lui ébouriffant les cheveux puis il alla ranger son violon. Avant de se retirer dans sa chambre, il revint dans la cuisine, dégagea sa montre de gousset, en actionna le porte-mousqueton pour la libérer de sa chaîne et la tendit à Patrice.

— Tiens ! Pour que tu trouves le temps moins moche que ta musique en conserve.

Patrice déposa la relique dans le creux de sa main. Il resta ainsi dans la cuisine à suivre l'aiguille des secondes qui, lorsqu'elle bougeait, effectuait un petit mouvement de recul comme pour corriger sa course vers l'inévitable. Un reflux trompe-l'œil sur l'érosion du temps.

*   *   *

Une heure s'était écoulée lorsque Charles revint dans la cuisine pour s'entendre dire que sa montre prenait du retard.

— L'heure juste, mon garçon, c'est toujours celle que tu te donnes, jamais celle que l'on t'impose.

— ... Ouais ! Je vais essayer de la retenir pour septembre, celle-là. Je sens

41

que les profs vont l'aimer.

— Défends ton droit à l'erreur, lutte farouchement contre ceux qui veulent t'imposer leurs urgences. Une *gang* de papes inutiles !

— Voyons, Charles ! Qu'est-ce qui se passe ? As-tu fait un cauchemar ?

— Aujourd'hui, les cauchemars, c'est bien éveillé que ça se passe. La preuve, c'est que la société n'a qu'un mot à la bouche : pro-duc-ti-vi-té. Alors tout le monde court après sa queue et personne n'a le temps de se rassasier de ses découvertes. Il n'y a plus de place pour l'émerveillement. Ma montre retarde, dis-tu ? Si tu savais comme on se sent puissant lorsqu'on peut remettre les choses à l'heure ! Une marge de manœuvre qui te procure le contrôle sur la bêtise humaine.

Patrice écoutait, pas du tout sûr de comprendre. Mais qu'importe, il sentait que le vieil homme l'aimait. Et il en était ravi.

— Aujourd'hui, on te dit comment tout régler avec des instruments débiles qui ne se trompent jamais. Quand j'ajustais un moteur...

— Comment ça, un moteur ?

— J'ai été mécanicien pendant trente-huit ans... Quand je réglais un moteur, c'est au son que je l'ajustais. J'exerçais un contrôle sur la mécanique et, en même temps, elle me lançait un défi. Comment t'expliquer ? Il y avait une espèce de communion... je sentais comme... comme un courant de gratitude s'établir entre la machine et moi. Pas besoin de te dire que je travaillais jusqu'à l'harmonie complète, c'est-à-dire jusqu'à ce que le moteur tourne aussi doucement qu'une machine à coudre.

— Ça pouvait pas être aussi précis que des instruments électroniques. Voyons, Charles, on dit qu'on ne peut pas arrêter le progrès !

— Tu diras à ON que le jour où il aura tout réglé au point de ne plus se tromper, l'homme devra alors se contenter d'être un témoin au lieu d'agir. Il n'y a même plus de place pour la poésie ! Tu appuies sur un bouton, et t'as un orchestre synthétique derrière toi. Et ON vibre à ça ! Peuh !

— ...

4

Ce matin-là, Patrice attendait, l'esprit rempli des promesses de la veille.

— Demain matin, j'aurai une belle surprise pour toi. Je vais te montrer quelque chose qui va t'épater.

Il avait bien essayé d'en savoir davantage, mais le vieil homme était demeuré inflexible.

— Demain matin !

Aussi, au retour de sa promenade matinale, Charles ne fut pas étonné de retrouver l'adolescent recroquevillé au bas de l'escalier, le menton collé aux genoux, l'esprit plus ou moins branché à son baladeur.

— Tu es de bonne heure sur le piton, mon Patrice !

— Qu'est-ce que tu veux me montrer, Charles ?

— Patience, mon garçon, patience. Les bonnes choses méritent qu'on les laisse venir à nous. Apprends à flâner devant tes joies. Elles en seront que plus généreuses et t'apprendront la tendresse.

— Je ne peux pas dire que je déteste ça quand tu philosophes, Charles, mais je t'avertis, je ne comprends pas grand-chose.

— Tu comprendras plus tard...

— Je l'entends souvent, celle-là !

— On ne peut pas tout apprendre d'un coup. Pas vrai ? Allez, viens ! On va plutôt se mettre quelque chose sous la dent. J'imagine que tu n'as rien avalé depuis ton réveil !

— J'ai jamais faim le matin.

Pendant que Charles préparait le déjeuner, Patrice arrivait mal à dissimuler son impatience. Le baladeur allumé, il faisait les cent pas dans la cuisine, ponctuant ses dandinements habituels de légers soubresauts. Chenapan réclama sa pâtée mais se buta à l'indifférence du jeune garçon.

— Assieds-toi, tu m'énerves ! Tu écoutes de la musique bien bizarre, ce matin ! Essaies-tu d'inventer une nouvelle danse ? Tiens, nourris le chat, ça t'occupera.

*   *   *

Charles fit basculer sur leurs gonds les deux grandes portes de la remise.

— Viens, mon Patrice. Viens voir une merveille.

Au fond, dans la demi-obscurité, Patrice aperçut, sous une grande housse verte, une automobile aux formes capricieuses. Sitôt l'enveloppe protectrice retirée, il chercha la marque de la voiture.

— Oh ! la ! la ! Qu'est-ce que c'est que cette bagnole, Charles ? J'ai jamais rien vu de semblable !

Le pare-chocs robuste était habillé de butoirs chromés plus décoratifs qu'utilitaires.

— Dans ce temps-là, on faisait du solide, mon garçon ! Pas du plastique comme aujourd'hui.

— Ça ne me dit toujours pas ce que c'est.

Ouvert comme le dos d'un livre en son centre, la calandre inclinée s'avançait au bout d'un capot allongé et légèrement tombant. Les deux phares cerclés d'anneaux nickelés, les deux clignotants de la grosseur et de la forme d'un citron fixés sur les ailes arrondies conféraient au véhicule un petit air aristocratique. Patrice n'en revenait pas. La bouche et les yeux ronds, il caressait de la main l'aile de ce bolide venu d'un autre monde.

— Elle est superbe, ta voiture, Charles. Mais veux-tu bien me dire quelle marque c'est ?

Malgré ses dimensions importantes, l'automobile n'avait que deux portes. Les petites fenêtres à déflecteur des glaces latérales amusèrent Patrice.

— Avec ça, la cendre et les mégots de cigarette ne revolaient pas à l'intérieur de l'auto.

— Tu as déjà fumé, Charles ?

— Jusqu'à quarante-six ans ! Je ne regrette que le cigare, de temps en temps. Un bon cigare... rien ne pouvait rivaliser avec ça.

Les ailes arrière, surmontées de deux ailerons effilés, couraient sur toute la longueur, n'attendant que l'occasion de fendre l'air. L'adolescent cherchait toujours à deviner le modèle de la voiture. Il le lut enfin, inscrit sur le côté de l'aile avant, juste au-dessous de la ligne décoratrice, toujours nickelée, et au-dessus du volet d'aération : une série de lettres en calligraphie qu'il tenta de déchiffrer.

— Stu... Stude...ba

— Une Studebaker, mon garçon. Une Studebaker Golden Hawk 1957. Un modèle d'ingéniosité pour l'époque. Du solide... et une mécanique en avance de dix ans sur son temps.

— Ça doit plus marcher !

— Je vais remettre ça sur la route en moins de deux, si tu veux m'aider.

— Tu parles !

L'intérieur émerveillait tout autant

Patrice. Il ne cessait de caresser le grand volant, l'avertisseur métallique, les énormes cadrans cerclés de chrome du tableau de bord, les différentes commandes ou les loquets de déflecteur.

— Je pense qu'elle est encore plus belle à l'intérieur qu'à l'extérieur, Charles !

— C'est comme moi, ça ! Plus beau en dedans !

Un regard échangé, deux sourires, et la complicité envahit la remise de sa bonne odeur.

*   *   *

Charles déterra ses outils du Parasol. Il ne demandait pas mieux que de se frotter à ses anciennes passions pour se prouver que ses connaissances en mécanique étaient toujours aussi fraîches dans son esprit. Quant aux courbatures, il en avait vu d'autres. Quelques jours à endurer et la charpente reprendrait le moule.

— Tu vas être mon apprenti, garçon. On va tout d'abord vidanger l'huile et enlever le distributeur.

— Parfait, patron !

Les jours suivants, une activité fébrile témoigna de la détermination des deux associés. L'entreprise était de taille. Charles s'employait à rajeunir les organes d'une carcasse aussi vieille que la sienne ; Patrice, à faire du neuf avec du vieux.

Rien ne fut négligé. De la lubrification complète des cylindres, au nettoyage du carburateur, en passant par la vérification des pompes et des joints d'étanchéité. La tension des courroies fut rectifiée, les bougies et les filtres, changés. Bref, toutes les étapes essentielles à la mise en marche du véhicule furent scrupuleusement respectées. Au moment d'ajuster les soupapes, Charles fit appel à l'oreille de Patrice.

— Si j'entends mal aujourd'hui, c'est pas sans raison.

— Il y a longtemps que tu portes un appareil, Charles ?

— Depuis que le monde est *drabe*. J'éprouve le besoin de filtrer l'information. Tiens ! T'as entendu ces messages publicitaires à la télé vantant la nouvelle formation professionnelle au secondaire ? Eh bien, quand je les vois mettre l'accent sur le « Et payant » je trouve ça si peu intelligent que j'ai envie de me débrancher. C'est pas l'amour du métier qu'on propose aux jeunes, mais l'amour de l'argent !... Allez ! Quand ça ronronnera comme Chenapan, tu me feras signe.

Et Patrice de se fermer les yeux, à l'affût de cette communion avec la mécanique dont lui avait parlé son vieux compagnon l'autre jour.

— Ça va ! passe à l'autre.

Quand le travail dépassait les compétences de Patrice, celui-ci s'employait à nettoyer l'habitacle ou à redonner à la carrosserie son lustre d'antan.

— Demain, jeune homme, on met ce bijou sur la route.

— J'ai hâte en sacrifice !

5

— Patrice, j'ai ici un rapport qui m'oblige à revoir certains points avec toi.

L'adolescent avait dû se présenter à la Direction de la protection de la jeunesse. La déléguée avait insisté pour qu'il soit à son bureau en fin d'après-midi.

— Quelle sorte de rapport ?

— D'abord, nous avons appris que M. Maltais était en bien meilleure forme que tu nous l'as laissé croire. Il est même très autonome pour un homme de son âge. Je me pose d'ailleurs des questions sur son comportement pendant ma visite.

— Ça, je peux vous l'expliquer. Au début...

— Il y a plus grave que ça, Patrice.

Le jeune garçon ne broncha pas, convaincu que la meilleure attitude à adopter était encore de laisser la déléguée livrer le fond de sa pensée.

— Ce que j'ai à te dire est très délicat. Tu vas devoir m'aider...

Elle prit soin de faire une pause pour laisser le temps créer un climat plus propice. Quant à Patrice, devant toutes ces précautions, il flairait la gravité des propos qui allaient suivre.

— Quels sont tes rapports avec M. Maltais ? Tu t'entends bien avec lui ?

— Bien sûr !

— Raconte-moi un peu ce qui s'est passé depuis que tu vas le voir.

— Eh bien... je lui rends toutes sortes de petits services, vous savez...

— Lesquels ?

— Tous ceux qu'il me demande de faire.

— M. Maltais serait-il davantage pour toi que juste une personne âgée chez qui tu effectues tes mesures de rechange, Patrice ?

L'adolescent reprit de l'aplomb pour lancer :

— Il est devenu mon ami, si c'est ce que vous voulez savoir.

— D'accord. Dis-moi, maintenant, comment se traduit ce sentiment d'amitié que vous éprouvez l'un pour l'autre ?

— Eh bien, on fait toutes sortes de choses ensemble. On bricole, on jase, on s'amuse.

Ce n'était pas là le genre de réponse que la déléguée attendait du jeune garçon.

— Le rapport mentionne qu'il pourrait y avoir des relations... disons... plus intimes entre toi et M. Maltais...

C'était donc ça ! Patrice sentit une bouffée de chaleur et des picotements lui empourprer le visage. À peine eut-il la force de balbutier une protestation :

— Qu'est-ce que vous dites ?

L'accusation flottait encore dans la

pièce, silencieuse et douloureuse. Un tressaillement désagréable irradiait dans le ventre du garçon. Un goût âcre, mélange de tourment et de révolte, lui remontait à la gorge.

— Patrice, je comprends que tu sois bouleversé. Mais aide-moi un peu à voir clair dans tout ça. Veux-tu ?

Les yeux rougis à force de contenir ses pleurs, l'adolescent réussit tout de même à cracher sa rage :

— C'est qui l'écœurant qui vous a dit ça ?

— Calme-toi ! Je ne t'accuse pas. Je cherche seulement à connaître la vérité. Et pour ça, j'ai besoin que tu me parles de toi et de M. Maltais. Je t'ai justement fait venir pour éclaircir la situation.

Patrice se laissa tomber dans le fauteuil. Il détourna la tête pour que la déléguée ne voie pas les larmes qui maintenant se bousculaient à ses paupières. Ce que les adultes pouvaient être moches ! Pour une fois qu'il avait trouvé quelqu'un capable de le comprendre, il fallait qu'on vienne piétiner ses joies et ses projets.

— Patrice, je t'en prie. Raconte-moi tout ce qui s'est passé entre toi et M. Maltais depuis que je t'ai envoyé chez lui.

Patrice raconta à la déléguée tout ce qui s'était passé depuis le 20 juin, le jour où il avait rencontré Charles au parc et où il l'avait suivi chez lui. Elle comprit alors pourquoi le jeune garçon avait noirci les conditions de vie du vieil homme. Il décrivit avec franchise les liens qui s'étaient créés entre le septuagénaire et lui. Tout au long de son récit, il n'avait qu'une préoccupation : s'assurer qu'on ne le relèverait pas de ses mesures de rechange pour lui en donner d'autres, ce qui l'empêcherait de voir Charles aussi souvent.

— Et les saloperies qu'on vous a racontées, c'est pas vrai !

— Écoute, je ne demande pas mieux que de te croire. Tout ce que tu me racontes me semble plausible. Aussi comprendras-tu que je doive pousser plus à fond mon enquête. Autant dans ton intérêt que dans celui de M. Maltais.

— Qu'est-ce que vous allez faire ? Vous n'allez pas raconter ça à Charles... il ne le prendra pas !

— Comprends-moi bien, je n'ai pas le choix. Mais je te promets d'être très diplomate avec lui.

— Et si je dis la vérité, allez-vous me laisser continuer mes mesures...

— On verra. Mais d'abord, je vais rendre une petite visite à M. Maltais dès demain matin. Je te demande de ne pas te présenter chez lui avant demain midi.

— Mais je ne peux pas. Il m'attend à sept heures pour essayer de faire rouler sa voiture.

— Fais-moi confiance. Si ce que tu m'as raconté est vrai, il est fort possible que j'accepte de te laisser continuer ton travail chez M. Maltais.

*   *   *

En sortant du bureau de la déléguée,

Patrice ne fit ni une ni deux et alla droit chez Charles Maltais. Était-elle naïve au point de croire qu'il ne chercherait pas à le voir avant elle ?

— Qu'est-ce que tu me racontes là ?

— Je te le dis, Charles. Je sors de son bureau. Elle doit venir te rencontrer demain matin.

Le vieil homme détourna lentement la tête en coulant un regard inquiet à travers la fenêtre de la cuisine. Chenapan bondit sur les genoux de son maître et se lova sur ses cuisses décharnées. Comment pouvait-on être assez mesquin pour inventer de tels ragots ! Charles caressa de son index la tête et la nuque du chat.

* * *

Marcel Saint-Hilaire venait à peine de s'installer sur son petit tapis d'exercices au sol lorsque la sonnette de l'entrée principale le força à remettre à plus tard sa série d'étirements, de redressements, d'écartèlements et d'abdominaux. Après quelque vingt-cinq ans à tonifier ses petits muscles, il était toujours aussi rabougri, tant de corps que d'esprit. Il se dirigea vers la porte, le pas court, les bras battant parcimonieusement la mesure et les poignets retroussés comme une ballerine offensée.

— M. Saint-Hilaire ? Geneviève Lepage, de la Direction de la protection de la jeunesse.

Le visage de l'homme s'égaya d'un sourire mielleux.

— Je ne vous attendais pas si tôt. Entrez, je vous prie. Excusez ma tenue, je m'apprêtais à faire mes exercices quotidiens.

Il invita la déléguée à prendre place au salon, le temps qu'il enfile des vêtements plus convenables.

— Je vous prépare un café ?

Il revint trois minutes plus tard, l'air douceâtre et condescendant. Son petit plateau posé sur la table de salon, il s'empressa de servir une tasse de la boisson bouillante à la déléguée.

— M. Saint-Hilaire, allons droit au but. Vous avez logé une plainte à la DPJ et je viens recueillir votre témoignage pour me permettre de faire avancer le dossier.

— Vous savez, j'ai dit pas mal tout ce que j'avais à dire. À vous de tirer les conclusions.

— Vous faites état de rapports suspects entre votre voisin du dessus et un adolescent.

— Je crois, en effet, qu'il se passe quelque chose d'étrange chez M. Maltais. Remarquez que, par ailleurs, je n'ai rien à reprocher à cet homme. Nous ne nous sommes jamais beaucoup fréquentés, mais nous n'avons jamais eu de mauvais rapports non plus.

À l'aide de détours et de retenues mal contenues, Marcel Saint-Hilaire insinuait sans accuser. Quelquefois, il se trahissait dans de douteuses volte-face, transpirant sa peur d'être lui-même confondu.

— Si on en venait au sujet qui nous

préoccupe, M. Saint-Hilaire. Avez-vous été témoin de gestes qui pourraient vous laisser croire que nous devrions intervenir ?

— Bien, comme je vous le disais, il se passe des choses étranges. D'abord, le jeune est là tous les jours. Il passe la plupart de ses journées avec le vieux. Je les entends rire, tapager. L'autre jour, le bonhomme s'est mis à jouer du violon. Vous auriez dû les entendre piocher !

La déléguée n'avait pas du tout l'intention de jouer le rôle d'arbitre entre les deux voisins.

— Permettez-moi d'insister, M. Saint-Hilaire. Qu'est-ce qui vous laisse supposer que l'adolescent et M. Maltais se livrent à des actes répréhensibles.

— Bien, depuis quelques jours, ils passent leurs journées dans la remise. J'ai l'impression qu'ils se doutent que j'ai découvert quelque chose et qu'ils se cachent pour faire leurs saloperies. Mais je n'accuse pas, là ! C'est une impression et je suis prêt à la réviser si vous me dites qu'il n'en est rien. C'est pour ça que je vous ai appelée. À vous de juger s'il y a lieu de pousser l'affaire plus loin.

— Les avez-vous vus faire des gestes qui vont contre la morale, M. Saint-Hilaire ?

— Je suis presque convaincu qu'ils manigancent quelque chose de pas correct. Pensez donc, un vieux retraité avec un jeune garçon... Rien qu'à les entendre...

Dix minutes plus tard, Geneviève Lepage quittait le logis de Marcel Saint-Hilaire. Elle savait maintenant que cet homme était de ceux qui, à défaut de meubler leur propre existence, se nourrissent de celle des autres. Elle alla frapper à la porte de Charles Maltais, sans même se soucier d'être aperçue ou non de celui qu'elle venait de quitter.

*   *   *

Les deux amis avaient convenu que Charles appellerait Patrice pour le prévenir du départ de la déléguée. Or, il était onze heures passées et Patrice n'avait toujours pas eu de nouvelles. Inquiet, n'y tenant plus, il enfourcha sa bicyclette et se rendit chez son ami. Très prudemment, il s'approcha du logis et adossa son vélo contre le mur de l'entrée. Il gravit chacune des marches de l'escalier arrière en posant délicatement la pointe du pied pour ne pas trahir sa présence, au cas où la déléguée serait toujours à l'intérieur. Arrivé sur le palier, il redoubla de prudence en jetant un regard discret par la fenêtre de la cuisine. Tout semblait calme à l'intérieur. Peut-être parlaient-ils au salon ? Il lui était impossible de s'en assurer. Il risqua un œil plus téméraire et vit Charles de dos, immobile dans sa berceuse, Chenapan sur les genoux. Ils étaient seuls. Le chat l'aperçut, sauta par terre et vint à lui en miaulant. Patrice ouvrit la porte, passa le seuil. Charles ne broncha pas.

— Alors, Charles, tu ne m'as pas appelé ? On doit sortir la bagnole aujourd'hui ! T'as oublié ?

Patrice prit Chenapan et vint se planter devant Charles. Le chat se dégagea, sauta par terre pour aussitôt regagner les genoux de son maître.

— Charles ! Qu'est-ce qui ne va pas ?

Le vieux restait immobile, le regard absent comme un capitaine débarqué pour de bon.

— Charles ! Dis-moi quelque chose... Charles !

Patrice posa la main sur le bras du vieil homme. Le cœur de l'adolescent se mit à battre la chamade.

— Ah ! non !

*   *   *

« MAGGIE... PARASOL... » Voilà les deux seuls mots que Charles avait réussi à balbutier en attendant les secours. Attente qui n'avait fait que révéler à Patrice tout le vertige de son impuissance. Accroupi devant le septuagénaire, il fouillait ce regard absent, en quête d'un signe quelconque, refusant de croire que leur aventure allait se terminer aussi

bêtement. Que pouvait-il faire d'autre ?
Les projets échafaudés depuis trois semaines avec son vieux compagnon
s'écroulaient donc, comme ça, sans raison ? Et cette ambulance qui n'arrivait
toujours pas ! Il tira précieusement sur
la chaîne retenant la montre de gousset
de son ami. Le geste dérangea le vieillard
et son bras gauche se mit à trembloter.
Patrice posa sa main sur celle de Charles.

— Tu ne veux pas que... je touche
à ta montre ?

C'est alors que Charles entreprit
de tourner sur elle-même sa main trem-
blante pour agripper celle de son jeune
compagnon et lui imprimer une pression à travers de frileuses secousses.
Jamais Charles n'avait voulu un geste
aussi tendre. Jamais son jeune vis-
à-vis n'en avait reçu un aussi beau.

— Tu m'entends, Charles, n'est-ce
pas ? Tu me reconnais, tu sais que c'est
moi ?

Dans la pièce maintenant silencieuse et triste, deux regards embués :
celui du vieux perdu quelque part entre

le mur et son jeune ami, celui de l'adolescent noyé dans le désarroi. Alors, par un effort inouï, ou aidé par la grâce divine, Charles souleva sa main gauche et la fit glisser sur l'avant-bras de son jeune ami. Un aller-retour seulement. Puis le vieil homme porta sa main vacillante sur la poche arrière de son pantalon.

— Laisse-moi faire, je vais t'aider.

Le garçon extirpa de la poche arrière le portefeuille de cuir du vieillard. La main du bonhomme continua à fureter le long de son corps. Il voulait lui remettre autre chose. Patrice finit par comprendre qu'il s'agissait d'un trousseau de clés.

« MAGGIE... PARASOL. »

*   *   *

— Pousse-toi, mon garçon. On va s'en occuper.

Les ambulanciers envahissaient le logis avec leur civière. Avaient-ils fait hurler la sirène pendant le parcours ? En tout cas, Patrice n'avait rien entendu.

— Tu es seul ici avec lui?

— Oui. C'est moi qui vous ai appelés.

Les deux hommes s'employèrent à soulever délicatement le bonhomme avant de le coucher sur le brancard.

— Vas-y doucement, Johnny... étends-lui les jambes bien au centre... c'est ça!

Celui qui donnait ces ordres avait plus l'allure d'un déménageur que d'un ambulancier. Il exécutait cependant son travail avec assurance et tact. Quant à l'autre, Johnny, il se contentait d'obéir, préférant s'en remettre au jugement de son compagnon de travail.

— Maintenant, viens lui soutenir la tête pendant que je le couche... lentement... Voilà! C'est bon!

Trente secondes plus tard, Charles se retrouvait emmailloté dans une couverture rouge, un masque d'oxygène collé au visage. On l'attacha ensuite à la civière à l'aide des deux sangles de nylon noir. L'inquiétude rongeait Patrice et lui laissait un goût amer dans la bouche. Il tenait à accompagner Charles.

— Tu monteras avec Johnny et lui à l'arrière. As-tu ses papiers pour l'inscrire à l'hôpital ?

Au bas de l'escalier intérieur, la petite tête fureteuse de Marcel Saint-Hilaire surveillait la descente du malade. Quand Patrice l'aperçut, il ne put réprimer son aigreur.

— On t'a pas sonnée, la belette !

Au lieu de disparaître, le petit homme remonta de son index le pont de ses lunettes et offrit à l'adolescent un sourire dédaigneux. Au passage du cortège, quand la civière se trouva à sa hauteur, il lança :

— Je le savais. Je le savais qu'il se passait des choses pas catholiques entre ces deux-là. Le vieux ne l'a pas pris, il s'est trop pâmé !

La plainte à la déléguée, c'était donc bien lui ! Quoique très préoccupé par l'état de son vieux copain, Patrice devint cramoisi de colère. Il ne se possédait plus. Et il n'allait pas se laisser insulter de la sorte sans réagir. Aussi, juste avant que les ambulanciers ne le fassent monter à l'arrière, près du malade, il virevolta brusquement. D'un bond, il enjamba les trois marches de l'entrée, se planta devant l'ennemi et lui offrit un vigoureux bras d'honneur avant de lui cracher au visage. Marcel Saint-Hilaire n'eut pas le temps de riposter. Les portes arrière du véhicule se refermaient déjà sur Patrice, Charles et Johnny.

— Espèce de petit cochon, je te retrouverai bien!

Le gros conducteur jeta un regard tout à fait désintéressé en direction du petit homme qui râlait son indignation. Il sauta vivement dans l'ambulance et fonça droit à l'hôpital.

* * *

Le portefeuille de Charles en main, Patrice scrutait les différents papiers afin de répondre aux questions de la préposée aux admissions.

— Qui doit-on contacter en cas de besoin?

— Moi !

— Es-tu parent ?

— Non, mais c'est tout comme.

— De toute façon, il me faut le nom d'une personne majeure et ayant, dans la mesure du possible, un lien de parenté avec le bénéficiaire.

Patrice ne pouvait en fournir, car jamais Charles ne lui avait parlé de ses proches. Aussi fut-il convenu que l'on ferait appel aux policiers pour accompagner l'adolescent au logis du septuagénaire. Il devait bien y avoir un carnet d'adresses quelque part !

— Je ne veux pas quitter Charles avant de savoir ce qui lui arrive.

— Écoute, mon garçon, il me faut absolument ce renseignement. Le médecin est en train de l'examiner. Il est entre bonnes mains, je te l'assure. Je ne pense pas qu'on puisse te donner des nouvelles avant un petit bout de temps. Demain, peut-être. Alors, la meilleure chose à faire, c'est de nous aider à trouver un membre de sa famille.

La voiture des policiers venait à peine de stationner dans la rue, en face de chez Charles, que Marcel Saint-Hilaire bondit de son balcon.

— Je voulais justement vous appeler... Il y a un jeune voyou qui m'a...

Il aperçut Patrice à l'arrière du véhicule.

— Tiens, vous l'avez déjà arrêté.

Les deux mains à plat sur son petit torse bombé, il sourit aux deux représentants de la loi avant de leur déclarer :

— C'est ce que l'on appelle de l'ef-fi-ca-ci-té.

— Je pense, monsieur, que vous faites erreur. Nous sommes ici pour un tout autre motif...

— Mais ce jeune morveux m'a craché au visage...

— Eh bien ! appelez au poste et logez une plainte pour voies de fait. Des confrères vont venir prendre votre déposition.

Patrice s'approcha du petit homme et lui lança :

— Bien moi, je vais te poursuivre pour atteinte à ma réputation et à celle de M. Maltais, O.K. ? ordure !

Sur ce, il suivit les deux policiers qui réclamaient la clé de l'appartement. Sentant dans son dos le regard haineux de Saint-Hilaire le darder, l'adolescent ramena vers l'arrière son bras gauche plié, ferma solidement son poing avant d'offrir à son rival un splendide majeur en érection. Aux hurlements de l'homme, les policiers se retournèrent. Les épaules haussées et le visage innocent, Patrice feignait de ne pas comprendre les incohérences du locataire du rez-de-chaussée.

On trouva effectivement un carnet d'adresses sur le comptoir, près du téléphone. Y figurait, entre autres, le nom d'une certaine Alice à la lettre M, puis un numéro précédé de l'indicatif régional 418. Pendant que l'un des policiers essayait d'obtenir la communication, Patrice ouvrit une boîte de conserve pour Chenapan.

— Bon, on a tous les renseignements qu'il nous faut. On va donner ça à l'hôpital. La dame prend l'autobus demain matin.

— Qui c'est?

— Sa sœur, mon garçon. Elle habite Chandler, en Gaspésie.

6

En appuyant sur le bouton de la porte du Parasol, Patrice se sentit comme investi d'une mission sacrée. Il ne s'attendait pas à poser le pied quelque cinquante ans en arrière, au cœur des souvenirs de son vieux compagnon. Tous les murs de la pièce avaient été recouverts d'étroites languettes de bois embouvetées à la verticale et peintes en bleu-gris. Revenu quelque peu de sa surprise, mais envahi du mystère des lieux, il entra en prenant soin de laisser la porte entrebâillée, histoire de rester en contact avec son univers.

Pour tout mobilier, la chambre comprenait un grand lit en métal pour deux personnes, recouvert d'un édredon blanc bordé de satin bleu. Trois coussins carrés et moelleux avaient été placés à la tête du lit. À droite, près de la fenêtre, une petite table de travail sans style, une chaise en bois ouvré. Entre le lit et la table, une armoire que Patrice devina être celle qu'avait fabriquée Charles un mois plus tôt. Sur celle-ci reposaient une lampe avec un abat-jour en forme de champignon, une radio d'époque et une statuette de plâtre représentant un enfant plongé dans la lecture d'un livre aux franges dorées. Une grosse malle en bois cadenassée et sanglée de deux larges courroies occupait presque tout l'espace de l'autre côté du lit. Son couvercle bombé couvait jalousement ses secrets. Enfin, près de l'entrée, le sol était décoloré ; probablement la marque laissée par le coffre à outils que Charles avait descendu à la remise.

Patrice s'approcha de la table, y

déposa la montre de gousset de son ami ainsi que le trousseau de clés. Puis, il examina les tableaux et photographies suspendus aux murs. À la tête du lit, deux portraits dans leur cadre oval : celui de Charles, beaucoup plus jeune, l'œil aussi coquin qu'aujourd'hui, puis celui d'une femme au sourire énigmatique, au regard bon et que Patrice jugea divinement belle. Maggie ?

Un premier tableau, au-dessus de la malle, évoquait une scène romantique où la lune se reflétait en un sillon clair sur un cours d'eau courant au pied d'une montagne. Sur un deuxième, à droite de l'entrée, un élan et son petit couraient au bord d'un lac. Enfin, au-dessus de la table, un fusain représentait une vieille chaumière entourée d'arbres gigantesques et un petit pont de pierres enjambant un ruisseau tortueux. Les trois tableaux dataient de la fin des années trente et étaient signés Cécile.

Et MAGGIE, alors ? Ce nom flottait dans sa tête comme un drapeau agité, appelant à la rescousse.

Une odeur douceâtre, mélange d'éther, de cire et d'eau de javel, agaça Patrice dès qu'il ouvrit la porte du couloir sud, au troisième étage de l'hôpital. Il était 15 h 28. Le petit vert déprimant des murs n'incita en rien l'adolescent à s'armer d'optimisme. Il se présenta au poste central pour demander le numéro de la chambre de Charles.

— Tu lui fais une visite très brève, pas plus de quinze minutes. M. Maltais a besoin de repos. Normalement, tu ne devrais même pas être autorisé à le voir, d'autant plus que tu viens en dehors des heures de visite.

— Est-ce qu'on sait ce qu'il a ?

L'infirmière transcrivit sur une note de service les coordonnées du médecin traitant.

— Tiens, voilà le nom et le numéro de téléphone de son médecin. C'est la personne la plus apte à te répondre.

— Merci, madame !

— ...et n'oublie pas... Seulement quinze minutes !

La chambre comprenait deux lits. Le premier, près de l'entrée, était occupé par un gros et solide motard admis à l'aube. Il était momifié, une jambe et un bras soutenus dans les airs par un ensemble de poulies et de supports aussi rutilants que les chromes de sa Harley Davidson ; du moins, avant l'accident. Bob « The Snake » Rochon reposait tant bien que mal, la tête et le cou solidement fixés dans un passe-montagne en plâtre avec, sur le dessus, une espèce de trou d'homme d'où jaillissaient des épis de cheveux poivre et sel, désordonnés. Ce carcan le forçait à balayer de ses yeux jaunes la ligne d'horizon, comme un périscope. Le teint sombre, la barbe en broussaille, la lèvre épaisse et dubitative, The Snake offrait l'air abasourdi et hébété du coyote du célèbre dessin animé, après l'explosion prématurée de ses bâtons de dynamite.

Un rideau jaune anémique tiré jusqu'au pied des lits séparait les deux occupants de la chambre. Patrice s'approcha, jeta un dernier coup d'œil au motard qui le gratifia d'un regard bovin. Puis, il se risqua à avancer la tête de l'autre côté du rideau. Charles reposait, les bras de chaque côté du corps, le visage plus patiné, plus diaphane que jamais, le regard fixé au plafond. Patrice tressaillit en le voyant ainsi transfiguré. Pour la première fois de sa vie, il eut l'impression d'avoir rendez-vous avec la mort. Il contourna le lit, se pencha légèrement et posa sa main sur celle du vieillard. Charles ferma doucement les yeux, puis les rouvrit, humides et bien clairs. Il tourna péniblement la tête vers son visiteur et se composa un sourire tordu qui fit mal à Patrice.

— Charles ! C'est moi ! Tu me reconnais ? Ta sœur, Alice, arrive demain après-midi.

Le regard du vieux se fit inquiet.

— Quelque chose ne va pas ?

Le vieil homme s'appliquait à murmurer sa pensée.

— Para...sol... se... secret... clé...

— Tu veux pas qu'elle entre au Parasol. C'est ça ? Tu veux que je le garde fermé à clé ? T'inquiète pas, je vais y voir.

Charles cligna lentement des yeux en signe d'approbation.

— Donne... ma cham...bre... à A...lice.

— Tu m'as fait peur, tu sais !

L'adolescent sentit la main de son vieil ami exercer une pression chaude et pleine de reconnaissance sur la sienne. Son visage sembla maintenant à Patrice moins terne qu'à son arrivée. Comme si sa visite avait un effet émollient sur le teint du vieil homme.

— Je... je vais ... m'en...

— Tu vas t'en sortir. Je le sais, Charles ! On a trop de choses à faire. La Studebaker, faut la mettre sur la route, pas vrai ? Et puis, tu te souviens ? C'est toi-même qui me disais : « Tant et aussi longtemps que tu as des projets, tu mérites de vivre. » C'est donc sûr que tu vas revenir, pas vrai ?

Patrice fit une pause, fronça les

sourcils avant de se risquer à demander :

— Qui est Maggie ?

Le malade fixa intensément son jeune visiteur puis détourna son visage, fixant la fenêtre en quête d'une réponse acceptable à l'horizon.

— Tu veux pas me le dire ? Pourtant, c'est toi qui...

— Votre médicament, M. Maltais.

Une infirmière venait d'apparaître avec un petit gobelet de papier et un verre d'eau. Charles s'appliqua à saisir la pilule et à la déposer sur sa langue avant de laisser l'infirmière lui relever la tête et porter le verre d'eau à ses lèvres.

— Toi, mon garçon, il serait préférable que tu laisses ton grand-père se reposer...

— C'est pas mon grand-père, c'est mon ami.

— Qu'importe, il vaudrait mieux que tu le laisses se reposer et que tu reviennes demain. Et viens pendant l'heure des visites.

Patrice s'approcha de Charles, lui tapota affectueusement l'avant-bras :

— Je reviendrai demain, avec ta sœur, O.K. ?

Charles aquiesça du regard et ferma les yeux. Patrice prit une profonde respiration et tourna les talons.

— Hé ! *kid* !... Approche !

Une voix rauque et éteinte l'avait interpellé. Celle de Bob « The Snake » Rochon.

— Veux-tu me rendre un petit service... J'voudrais que tu retiennes le numéro que je vais te donner et que tu avertisses Manon que je me suis cassé la gueule ce matin.

— On peut faire ça, nous, M. Rochon...

— Toi, Blanche-Neige, écrase ! Pis contente-toi de charrier tes pilules. J'ai demandé au *kid*. Approche, ti-cul. J'veux pas l'crier sur tous les toits, mon numéro.

Patrice s'approcha et tendit l'oreille pour recevoir la « confidence ».

— Je lui dis quoi, au juste ?

— Donnes-y le numéro d'la chambre, pis dis-y de v'nir me voir au plus vite !

— Respectez l'heure des visites...

— Toi, la tornade blanche, j't'ai pas sonnée ! Fais d'l'air !

— Je vous prierais d'être plus poli, M. Rochon ! Je ne suis pas payée pour écouter vos insultes. Vous avez vous aussi un médicament à prendre.

— Ta pilule, si c'est pas d'la drogue, mets-toi-la où j'pense.

L'infirmière ravala sa colère, haussa les épaules avant de reprendre le petit plateau qu'elle avait déposé sur la table de service et sortit prestement de la chambre. Patrice salua le motard et franchit le seuil à son tour. Avant qu'il n'ait atteint le bout du couloir, l'infirmière et sa chef de service étaient entrées dans une conversation animée. Elles allaient toutes les deux d'un pas décidé semoncer le voisin de Charles Maltais.

*   *   *

De retour au Parasol, Patrice consulta la montre de Charles avant de pousser plus loin son investigation. Elle marquait 4 h 45. Tout allait si vite ! Il tenait à en découvrir le plus possible sur cette Maggie avant l'arrivée de la sœur de Charles. Après avoir inséré la clé dans le cadenas de la grosse malle, il libéra le moraillon et relâcha les sangles. Agenouillé en face du mystère, il posa ses mains à chaque extrémité du couvercle et inspira profondément avant de l'ouvrir. Sur le plateau à deux compartiments, il reconnut, dans la plus grande des sections, le violon et l'archet enveloppés dans une couverture. À gauche, dans le plus petit compartiment, une vieille boîte à cigares King Edward Invincible remplie de photos et de quelques papiers. Convaincu que ses recherches aboutissaient enfin, il alla fermer la porte du Parasol. Il s'installa ensuite à la petite table de travail et commença à regarder un après l'autre les quelque deux cents photos et documents. Il mit de côté une vingtaine de photographies montrant Charles, parfois seul, parfois avec un groupe d'amis, trois fois avec une femme, toujours la même, celle du portrait suspendu au-dessus du lit. Une seule était datée : elle avait été prise en juillet 1937. Une deuxième montrait Charles et cette femme assis chacun sur une des ailes d'une ancienne voiture, se tenant la main par-dessus le capot. Sur la troisième, ils étaient tous les deux debout devant la même voiture décorée cette fois de guirlandes. À l'arrière, une inscription : « Août 1939, notre voyage de noces au Lac-Saint-Jean ». Toujours dans la boîte, Patrice découvrit une note griffonnée à l'intérieur d'un carton d'allumettes : L. 3750 H.J. Puis une mèche de cheveux blonds d'une dizaine de centimètres, enrubannée de soie rose.

Parmi les documents, une lettre attira l'attention de Patrice.

Baie-des-Sables, le 26 juin 1939

Monsieur Charles Maltais
Gaspé
Comté de Bonaventure

Monsieur,

Je viens par vous demander excuse du retard apporté à votre légitime demande. Certains événements me sont survenus qu'il m'a été impossible de contrôler.

Maintenant, cher Monsieur, comment pourrais-je m'opposer à votre union avec Cécile puisqu'elle partage vos mêmes idées ? D'ailleurs, je crois qu'elle ne pourrait faire meilleur choix.

Malgré que c'est très sensible au cœur de la mère de voir son enfant entrer dans la vie certaine, surtout sa jeune fille, nous ne pouvons y consentir sans en éprouver beaucoup d'émotion et, j'oserais dire, un peu de regret. Mais d'après ce que j'ai pu connaître de vous, permettez-moi de vous dire que je suis heureuse pour ma fille Cécile de la voir s'unir à un jeune homme que je crois être dans les meilleurs et dont je vous dis en toute confiance et sincérité que je ne crois pas être trompée. Espérant que feu son père de là-haut s'unit à moi pour vous dire que votre demande est acceptée et nous ne croyons pas être déçus dans le bonheur d'une enfant qui nous était chère à tous deux.

En vous renouvelant mes sentiments les plus affectueux, je demeure votre bien sincère,

Madame Amable Saint-Laurent
Baie-des-Sables
ce 26 juin 1939

Patrice nageait dans le mystère le plus complet. Il revint jeter un coup d'œil aux trois tableaux, ainsi qu'à la photographie de cette femme suspendue à la tête du lit : Cécile. Alors, qui était cette Maggie dont Charles avait prononcé le nom avec tant d'anxiété ? Il revint à la table de travail, ferma la boîte à cigares et la remit à sa place. Puis il souleva le plateau de la grosse malle pour découvrir un blouson militaire avec des médailles encore épinglées à la poitrine, un bouquet de glaïeuls séchés dans un emballage de cellophane, une lampe de poche, un vieil appareil photo, un harmonica et une vieille paire de patins. Patrice rangea tout cela soigneusement et se dirigea vers la garde-robe pour continuer ses recherches. Un fusil de calibre 0,12 l'y attendait, adossé dans un coin. Il sortit l'arme, l'examina attentivement. « Si c'est avec ça que tu comptais me faire déguerpir de la cour, mon Charles, ça risquait de te sauter en pleine figure. »

7

Sitôt un pied posé sur le débarca-
dère, Alice Maltais-Arsenault s'extirpa de
la gerbe de voyageurs qui jaillissaient de
l'autobus. Elle déposa sa lourde valise,
prit le temps d'ajuster son tailleur beige
tout en scrutant les alentours. Devait-
elle se rendre directement à l'hôpital ? Son
grand frère serait-il assez bien pour lui
parler ? Pouvait-il seulement lui fournir
une clé de l'appartement ? Lorsqu'on ap-
prend de la bouche d'un policier que son
frère résidant à quelque huit cents kilomètres a été hospitalisé, on se contente

de dire que l'on arrive, sans penser au reste. À la merci des horaires du transporteur et de la distance à parcourir, elle avait tué le temps à préparer ses effets, et à nourrir son angoisse de questions.

Henri, son époux, s'était voulu rassurant. « Ton frère Charles, c'est pas tuable ! Il va nous enterrer toute la *gang* ! » Le voyage avait été long et exténuant, malgré tout le confort qu'offre la compagnie de transport. Ici, au Terminus Carrefour Saint-Jean, le temps était gris et chargé d'humidité.

— Bonjour, madame ! Êtes-vous la sœur de Charles ?

— Qui es-tu, mon garçon ?

— Je m'appelle Patrice Auger. Je suis l'ami de Charles. J'étais chez lui quand les policiers vous ont téléphoné. Alors, j'ai pensé venir à votre rencontre pour...

— C'est très gentil à toi, mon garçon. J'apprécie beaucoup. Je ne savais justement pas par quel bout commencer... As-tu des nouvelles ? Comment est-il ?

Patrice raconta sa visite auprès de

Charles et précisa qu'il avait essayé à trois reprises de rejoindre le médecin. La dernière fois, on lui avait demandé de rappeler vers cinq heures. Alice consulta sa montre : elle marquait 4 h 27.

— Venez vous installer à la maison. On pourra téléphoner de là. De toute façon, on peut pas aller voir Charles avant sept heures, ce soir.

— Bonne idée ! Je vais en profiter pour me rafraîchir un peu.

Le jeune garçon empoigna la valise de la dame et tous deux se dirigèrent vers un taxi.

— Comment as-tu fait pour me reconnaître, mon garçon ?

— Pas très difficile. Vous et Charles vous ressemblez comme deux gouttes d'eau.

— Vrai ? Alors, lui aussi vieillit... Patente !

— Ça fait si longtemps que ça que vous ne l'avez pas vu ?

— Neuf ans !

Les traits de la femme s'étaient rembrunis sitôt la réponse donnée. Et Patrice n'avait pas osé demander le pourquoi d'une si longue séparation.

*   *   *

Une fois au logis, Alice décida d'appeler le médecin. Sa tentative demeura cependant vaine. On attendait le docteur Beaudin d'une minute à l'autre... on ferait le message... et il rappellerait dès que possible.

Le « dès que possible » allait se faire attendre. Patrice et la sœur de Charles eurent le temps de manger, de dresser une liste de produits à acheter le lendemain et de se préparer pour la visite à l'hôpital.

— Et je te gage que, si jamais on finit par le rejoindre, on n'en saura pas plus. Je les connais, les spécialistes. Ils se renvoient la balle. « Nous attendons les résultats des tests et des analyses d'un confrère avant de nous prononcer. Nous suivons l'évolution du dossier. Nous vous tiendrons au courant, etc. » Un vrai fouillis. Plus ça va, moins on s'y retrouve dans leur système. Il y a tellement d'intervenants qu'au bout du compte personne n'a le temps de s'occuper de nous. Avant, on n'avait que des généralistes, mais ils avaient à cœur de nous mettre au courant... au courant qu'ils ne savaient pas ce qu'on avait... ça, faut bien l'admettre... Mais, au moins, ils nous parlaient, patente !

Patrice écoutait, amusé de retrouver chez Alice les élans colorés de son ami Charles. Comme quoi on n'échappe pas à l'hérédité.

* * *

À sept heures pile, début des visites, ils traversaient le hall d'entrée de l'Hôpital du Haut-Richelieu et se postaient devant les ascenseurs. Patrice camouflait sous sa chemise une surprise pour Charles. Arrivés à l'étage, ils furent submergés par les mêmes relents d'éther, de cire et d'eau de javel qui s'étaient emparés du jeune garçon la veille.

— J'aime cent fois mieux me promener dans une usine de transformation de poisson, patente ! C'est aseptisé sans bon sens ! Veux-tu bien me dire ce qu'ils ont tant à abrier ? Des plans pour asphyxier les malades ! Quand je pense que c'est la première fois de sa vie que Charles met les pieds dans un hôpital... Des plans pour qu'il reste marqué le restant de ses jours !

Avant de franchir le petit rideau jaune anémique, ils eurent droit au spectacle d'un Bob « The Snake » Rochon qui tentait d'émerger de son scaphandre en se donnant une contenance d'irréductible.

— Hé ! Le *kid* ! As-tu téléphoné ?

Patrice, sans s'arrêter, fit signe au motard momifié qu'il s'était bel et bien acquitté de sa tâche.

— Qu'est-ce qu'a fait qu'a vient pas tout'suite, la p'tite maudite !

Charles dormait. Les deux visiteurs s'approchèrent à pas de loup. Mais la surprise de Patrice se mit à s'agiter sous son veston pour finalement se dégager et sauter d'un bond preste sur le lit. Chenapan vint frotter sa tête au menton de Charles qui ouvrit l'œil sur quelque chose de familier.

— Comment te sens-tu, mon Charles ? C'est moi, Alice.

Charles souleva lentement la main gauche avant d'articuler avec peine un « ça... va » pas très convaincant.

— Le petit gars est venu me chercher au terminus et m'a conduite à ton appartement. C'est une perle ce « flow » - là !

Charles se tourna vers Patrice et cligna doucement des yeux, en signe d'approbation. Même si ces échanges se révélaient difficiles, Charles arrivait à montrer qu'il était content de reprendre contact avec son univers. La présence de Chenapan y était pour quelque chose. Quand le félin osa s'aventurer de l'autre côté du rideau, The Snake Rochon s'enfouit dans les profondeurs de son malheur en vociférant :

— Ça va assez mal comme ça, s'tie, sans que les chats noirs viennent me narguer jusqu'icitte, maudit !

Une infirmière apprit aux visiteurs

que, l'après-midi, Charles avait été passer des examens neurologiques au scanographe à l'hôpital Notre-Dame de Montréal.

— Tant qu'on n'arrivera pas à rejoindre le médecin, nous, ça nous avancera à rien!

L'infirmière savait combien il était difficile pour les proches d'obtenir des renseignements sur l'état de santé des malades. Elle n'en était pas à une première confidence de la sorte.

— Il y a une faille dans le système, madame, vous avez raison de vous plaindre.

— Vous avez dit... une? Mettez-en!

*   *   *

Alice et Patrice terminaient leur déjeuner lorsque la sonnerie du téléphone retentit.

— Madame Arsenault? Dr Beaudin à l'appareil.

— Eh bien, c'est pas trop tôt!

— ... Madame Arsenault, j'ai de bonnes nouvelles pour vous. Votre frère est hors de danger. Il n'a plus besoin que de repos et de calme parmi les siens pour récupérer complètement. Je viens juste de discuter avec lui et j'ai signé son congé pour cet après-midi.

— Je m'excuse là, mais je ne comprends pas trop... Hier soir, il n'en menait pas large... ça lui a pris un quart d'heure pour nous dire trois mots.

— Je sais, madame. Je vais vous expliquer. Votre frère a été victime d'accès ischémiques transitoires cérébraux ou, si vous préférez, un mini-ictus. Cela a entraîné chez lui une difficulté d'articulation et une paralysie passagère. J'ai eu peur que ce soit de l'aphasie mais les examens au scanographe d'hier ont confirmé mon premier diagnostic. Nous avons régularisé la pression sanguine de M. Maltais et cela lui a permis de récupérer petit à petit toutes ses facultés. Je dois cependant vous dire qu'il a reçu un sérieux avertissement. Vous savez, 40 pour 100 des personnes ayant eu ce genre d'incident finissent par avoir un véritable ictus. Et là, c'est plus grave.

Sur les 600 000 personnes atteintes, 150 000 décèdent et seulement 10 pour 100 reprennent une vie normale.

Alice Maltais-Arsenault n'avait rien à faire des savantes statistiques du médecin. Patrice, ayant deviné depuis quelques instants qu'Alice s'adressait au docteur, cherchait à lire sur le visage de la femme des nouvelles de son vieux compagnon.

— Vous voulez dire que Charles est guéri, là ?

— Disons qu'il l'a échappé belle.

— Ah ! Merci, docteur... et excusez-moi pour tout à l'heure, mais on essaie d'avoir des nouvelles depuis le début de son hospitalisation... et vous comprenez...

Patrice et Alice dansaient dans la cuisine pendant que Chenapan, recroquevillé sur le coussin de la berceuse de son maître, surveillait d'un œil sceptique ce soudain débordement qui assaillait la femme et l'adolescent.

8

Installée au comptoir de la cuisine, Alice mettait de l'ordre dans la paperasse rapportée de l'hôpital : ordonnances, menus diététiques et conseils de toutes sortes. Quant à Charles et Patrice, ils discutaient, l'un dans sa berceuse, l'autre en équilibre sur les deux pattes arrière d'une chaise de la salle à manger.

— Ça doit faire bizarre de ne plus sentir son côté droit ?

Avec les craquements familiers de sa berceuse, les virevoltes de Chenapan et la voix de Patrice, le vieux reprenait doucement contact avec son environnement. Il appréciait aussi la présence d'Alice qui l'assistait dans sa résurrection.

— En fait, mon garçon, j'ai l'impression de me réveiller d'un affreux cauchemar. Ça fait quinze minutes que je suis revenu chez moi et j'ai l'impression que ça n'en fait pas beaucoup plus que je suis parti. C'est comme si ma vie avait été mise entre parenthèses, suspendue dans le temps. J'ai peine à croire qu'on m'a hospitalisé avant-hier, tu sais.

— N'empêche que tu nous as foutu une maudite frousse !

— Disons que j'ai fait comme ma montre. J'ai pris un peu de retard et les toubibs m'ont remis à l'heure. Maintenant, je devrais être bon pour un autre soixante-dix-huit ans ! Qu'est-ce que tu en dis ?

L'adolescent, ravi de constater que son vieux compagnon n'avait rien perdu de sa vivacité d'esprit, offrit un visage souriant plein de sous-entendus. Et le clin d'œil du vieillard lui fit beaucoup de bien.

— Charles, je vais aller faire exécuter tes prescriptions et acheter ce qu'il nous manque pour souper. T'aurais intérêt à jeter un coup d'œil à ce que je viens de lire, mon petit frère, tu as bien des choses à faire pour te remettre sur le piton !

Elle l'appelait « mon petit frère » même s'il était de onze ans son aîné. C'était sa façon à elle de lui témoigner son affection.

— Je sens que les médecins vont commencer à m'empoisonner l'existence. Alice, tu sais que je ne suis pas le genre à vivre à moitié. C'est tout ou rien du tout !

— Continue à raisonner de même et le rien va venir plus vite que tu penses ! Patente !

— ...

— Bon ! Va falloir, maintenant que tu es revenu dans ta maison, que je pense à retourner chez moi.

— Y a pas de presse !

— Je ne suis plus d'âge à dormir sur les canapés...

— Qui est-ce qui te parle de dormir dans le salon. Tu as ma chambre, garde-la jusqu'à ton départ. Moi, je coucherai au Parasol.

— Il me semblait, selon ton jeune ami, que c'était un débarras, cette pièce-là ? Bien, ouvre-moi ça au plus vite que je fasse du ménage là-dedans. C'est la seule pièce que je n'ai pas pu nettoyer.

Patrice regardait Charles, ne sachant pas trop comment réagir.

— C'est moi qui ai demandé à Patrice de... disons que... c'est mon sanctuaire, Alice. De toute façon, pour une nuit ou deux, ça fera l'affaire, j'y serai très bien.

— Tu as bien le droit d'avoir les cachettes et les secrets que tu désires, mon petit frère. C'est pas moi qui vais déranger tes habitudes, surtout à ton âge. Mais maintenant qu'il te sait hors de danger, tu comprendras que Henri soit impatient de me revoir. En revenant de mes courses, je vais appeler le terminus pour savoir quand partent les prochains autobus pour le bas du fleuve.

*　　*　　*

Le lendemain matin, alors que Charles était parti au parc, Patrice se demandait s'il ne devait pas en profiter pour questionner Alice au sujet de Maggie. Les écouteurs suspendus à son cou, le regard au sol et le front soucieux, il mâchouillait ses hésitations en relevant parfois la tête, le temps de jeter un coup d'œil furtif à la sœur de Charles occupée au téléphone. Devait-il, oui ou non, poser sa question ? Ne risquait-il pas alors de trahir la confiance de son vieux compagnon ? Alice raccrocha le combiné.

— Bon ! Voilà une bonne chose de réglée. Mon Henri va venir me rejoindre à Rimouski. Il s'ennuie de sa douce moitié. C'est pas drôle d'avoir du mal à réchauffer ses plats dans le four à micro-ondes ! C'est toi, mon garçon, qui me disais qu'on vous montrait à faire la cuisine maintenant dans les écoles ?

— Ouais ! En économie familiale. Des galettes et des mini-pizzas.

— Patente ! On ne remettra pas la cuisine maison à la mode de sitôt ! Est-ce qu'on vous laisse allumer la cuisinière, toujours ?

— Moi, madame, j'aime ça, faire la cuisine. C'est juste que je ne me rends pas toujours jusqu'au bout.

— J'ai cru me rendre compte de ça hier quand tu as mangé la moitié de la préparation de ton gâteau avant de le mettre au four. Bon, je suis prête. Je n'ai plus qu'à attendre Charles pour lui dire un dernier bonjour et je file.

Finalement, n'y tenant plus, Patrice lança :

— Qui est Maggie ?

Alice Maltais-Arsenault resta interdite, puis pencha la tête pour mieux réfléchir. Un voile de tristesse lui balayait le visage.

— Il a parlé de Maggie. Pauvre Charles ! Il pense encore à elle. Il ne sera donc jamais capable d'oublier.

Patrice n'insista pas davantage. S'il

n'avait rien obtenu à la première question, c'est qu'il ne devait pas en savoir plus. Il reviendrait à Charles de l'éclairer, si celui-ci le voulait bien.

L'adolescent et Alice arrivèrent au terminus des autobus Voyageur, rue Berri, une bonne demi-heure avant le départ. Charles s'était excusé de ne pas accompagner sa sœur jusqu'à Montréal. Patrice aida la voyageuse à traîner sa valise jusqu'au hall d'entrée. Il attendit sagement qu'Alice revienne du guichet non sans réaliser que la clé de l'énigme allait lui filer entre les doigts.

— Je sais ce qui te tourmente, mon garçon.

— Hein ? Qu'est-ce que vous dites ?

L'adolescent ne s'était pas rendu compte que la voyageuse était revenue s'asseoir à ses côtés.

— Je sais que c'est plein de questions dans ta petite tête. Je vais essayer de t'expliquer... commençons par le commencement. En 39, Charles s'est marié à une fille de Baie-des-Sables : Cécile. Une fille dépareillée. Tout le monde la trouvait douce et gentille. Travaillante comme pas une et déterminée comme un pic. C'était ce qu'on appelait à l'époque la femme idéale.

— Tiens, ça existe ça ?

— Mais non ! Tout le monde sait qu'il n'y a que les hommes de parfaits, n'est-ce pas ? Bon, je continue. Toujours est-il que Charles et elle semblaient faits pour filer le parfait bonheur un sacré bout de temps. Mais comme les malheurs se tiennent souvent à la porte des gens heureux, la guerre vint les séparer deux ans plus tard. Cécile, comme toutes les femmes de ceux qui avaient été appelés, se gela le sourire et mit de côté ses projets. Elle dut attendre la fin de la guerre, en 45, pour reprendre son petit bonheur là où il avait été figé. C'est peu de temps après son retour d'Europe que Charles nous annonçait, à toute la famille, que sa Cécile allait assurer la continuité de la race.

— Maggie ?

— Non, Lucette. La maudite Lucette ! Ce qu'elle a pu en faire endurer à tout le monde, celle-là ! On n'aurait jamais pensé qu'une enfant aux parents si bons allait dégénérer en graine de bandit. Je ne te raconterai pas tout dans les détails, mais sache qu'à dix-sept ans elle claquait la porte pour s'en aller à Montréal, au bras d'un grand dieu des routes, pas plus rassurant qui faut. Charles et Cécile se sentirent longtemps coupables. Il faut dire qu'à cette époque et dans notre milieu on endossait trop facilement tout ce qui nous arrivait. Le qu'en-dira-t-on démolissait les âmes les plus généreuses. On sentait ces deux-là écrasés par la honte. Ils avaient perdu leur entrain en même temps que leur sourire. Je fais une petite parenthèse là, mais tu sais, Charles était un fameux joueur de violon.

— Oui, je sais. Je l'ai entendu l'autre jour.

— Ah, oui ! Il a sorti son violon ? C'est bon signe, ça... Quant à Cécile, elle avait une voix à faire frémir la tapisserie du salon. De plus, elle jouait de l'harmonica. Tous les dimanches soir, on se réunissait en famille et on faisait de la musique toute la veillée. Il y avait Henri, mon futur, qui jouait du banjo à cinq cordes, Élise, la cousine, au piano et tout le reste du groupe qui tapait du pied ou jouait des cuillères. Je te parle d'une époque où la télévision n'existait même pas et où la radio crachotait plus qu'elle ne jouait.

Patrice commençait à manifester des signes d'impatience.

— Faites vite, il reste seulement dix minutes avant votre bus.

— Eh bien, arrête de m'interrompre !... Bon, finalement, quand Lucette est partie, on s'est tous dit que le calvaire de Charles et de Cécile était fini. Que le temps arrangerait les choses. On se trompait. Charles avait son garage au village et ses affaires roulaient à merveille. Pourtant, on les voyait se priver de bien des choses essentielles. À un point tel qu'on en est venu à se demander si Charles ne « cannait » pas son argent. On apprit longtemps après que la Lucette les siphonnait à tour de bras. Elle leur envoyait des factures de toutes sortes, les menaçant des pires calamités. Ils se sentaient obligés d'entrer dans le jeu comme si c'était le bon Dieu qui l'exigeait pour effacer leur honte. Ce qu'ils ont pu en faire des simagrées pour cacher leur malheur ! Une fois même, Charles a fermé son garage pendant quatre jours et est parti pour Montréal. « Je vais rencontrer des représentants », qu'il nous a dit. Quand il est revenu, il avait le visage plus décomposé que jamais.

— Ça me dit toujours pas qui est Maggie.

— Attends, j'y arrive. On voyait bien que Cécile et Charles dépérissaient à vue d'œil. Lucette avait claqué la porte depuis douze ans lorsqu'un bon matin (j'oublierai jamais, c'était le 6 décembre 1975) on sonne à la porte de Charles. Lorsqu'il ouvrit, Lucette se tenait là, un poupon dans les bras. « Depuis le temps que vous vous plaignez que je suis pas du monde, lui a-t-elle lancé, je me suis dit que vous seriez heureux d'apprendre que vous êtes grand-mère et grand-père. Je vous la laisse. Elle s'appelle Maggie. Elle est née le 25 octobre. » Elle a tendu le nouveau-né à Charles et s'est dirigée vers une voiture assez luxueuse qui l'attendait un peu plus loin.

Patrice commençait enfin à mettre en place les morceaux du puzzle.

— Maggie, ç'a été la consolation de Cécile et de Charles. On les a vus reprendre vie et sourire à nouveau. La petite était l'enfant qu'ils avaient toujours souhaitée, et qu'ils auraient mérité, d'ailleurs. Seulement, voilà ! On dirait que le malheur, c'est comme un ballon que tu cherches à enfoncer dans l'eau. Plus tu pèses dessus, plus tu risques qu'il te retrousse en dessous du menton. C'est exactement ce qui est arrivé. Lucette a rebondi trois ans plus tard et a repris sa fille. On a essayé par tous les moyens de la retracer. Rien à faire. La pauvre Cécile en est morte de chagrin. Quant à Charles, après la mort de sa femme, il a déménagé dans ce coin-ci. Il prétendait que rester dans le bas du fleuve, c'était avoir toujours sa misère collée à lui. Il est devenu si taciturne et casanier qu'il refusait toutes nos invitations. Et si nous, on voulait venir le voir, il trouvait toutes sortes de prétextes pour s'esquiver. Il ne nous appelle, Henri et moi, qu'aux fêtes. Autrement, rien.

« Les passagers pour Québec, Rivière-du-loup, Rimouski... »

— Patente ! C'est le mien, mon garçon, faut que j'y aille. Fais semblant de pas trop en savoir sur cette histoire. Je veux dire par là... que ce serait bon que tu laisses Charles te raconter lui-même ce qu'il veut bien te raconter. Si je t'ai dit tout ça, c'est parce que j'ai senti que Charles t'aimait bien et que tu es peut-être la personne la mieux placée pour mettre un peu de baume sur ses plaies.

— En tout cas, il n'y a personne qui va venir me kidnapper, moi, madame.

— Prends soin de lui, veux-tu ? T'as mon adresse et mon numéro de téléphone ; tiens-moi au courant.

Après le départ d'Alice, Patrice traîna longtemps dans les lieux, trop secoué pour rentrer tout de suite.

9

Charles replongea dans l'existence avec autant de vigueur, sinon plus, qu'avant son accident. « Je ne peux plus vivre ma vie comme si j'avais l'éternité devant moi ! » se plaisait-il maintenant à répéter. Le quatrième jour de son retour à la maison, un article du journal qu'il feuilletait attira son attention.

— Hé ! Patrice ! Viens voir ça. Tiens, lis !

— « **La Terre retarde d'une seconde.** » Qu'est-ce que ça veut dire ?

— Ça veut dire que j'avais raison.

Une montre qui retarde, c'est plus juste, plus près de la vérité. Écoute ça ! « Parce que le temps mesuré par la rotation de la Terre n'est pas aussi régulier que celui des horloges atomiques, les horloges se désynchronisent lentement avec la Terre. »

— Comment ça, pas aussi régulier ?

— La rotation de la Terre n'a pas toujours exactement la même durée. Donc les horloges que les hommes croyaient parfaites doivent être ajustées. Elle est bien bonne, tu ne trouves pas ?

— ...

Charles tira sur la chaîne de sa montre, fit basculer le petit couvercle et se délecta quelques instants à regarder le temps s'écouler. Et toujours cette trotteuse avec son petit mouvement de recul sur l'inévitable.

— Quand je te disais qu'il fallait défendre son droit à l'erreur... comprends-tu, maintenant ? Si la nature se permet quelques à-côtés, pourquoi pas nous ?

— Arrête, Charles ! Tu sais très bien que j'en perds des bouts quand tu te mets à philosopher.

— Bien, laisse au moins ton subconscient enregistrer ce que j'ai à te dire, jeune homme. Et t'en fais pas, ça reviendra bien à la surface le temps venu. C'est tout ce que j'ai à te léguer.

Le dernier mot avait coulé en un doux frisson dans le creux de l'oreille de Patrice, laissant sur son passage l'empreinte d'une communion père-fils.

— La perfection n'est pas de ce monde...

— Celle-là, je l'ai entendue quelque part !

— Sûrement, garçon, cherche comme il faut. J'ai toujours pensé qu'une fois la perfection atteinte, il ne restait qu'une chose à faire : mourir. Alors, il faut bien entretenir quelques défauts si on veut continuer à vivre...

— C'est peut-être ça, la fin du monde. Ça va arriver quand on sera parfaits ! Quand tout sera programmé comme il faut !

— Oh ! là ! là ! Sais-tu, mon Patrice, tu t'en viens aussi philosophe que moi... Attention, tu vas mourir jeune !

— On a encore quelques belles petites bêtises à faire ensemble. Pas vrai, Charles ?

— Tu parles... Tiens, on pourrait sortir la Stude et aller faire un tour dans le bout de Saint-Paul-de-l'Île-aux-Noix, demain. Qu'est-ce que t'en dis ?

— Super !

— Mais aujourd'hui... j'aurais un petit service à te demander, Patrice. Le dernier jour où j'étais à l'hôpital, j'ai jasé un bon bout de temps avec le motard du lit d'à côté. Ce n'est pas que j'affectionne particulièrement son genre, mais j'étais tellement content de pouvoir parler comme avant. Je lui ai dit que je lui prêterais un livre intéressant sur les modifications qu'on peut apporter aux moteurs de motos. Seulement, je n'ai pas envie de remettre les pieds là-bas. Irais-tu le lui porter pour moi ?

* * *

Patrice franchit le seuil de la chambre, le sourire aux lèvres et le livre de mécanique sous le bras. Bob « The Snake » Rochon avait perdu une bonne partie de son attelage. Seule sa jambe était encore dans le plâtre et une poignée suspendue à la hauteur de son visage lui permettait de se hausser plus facilement.

— Je sors jeudi, le *kid* ! Dans deux jours ! As-tu entendu ça ? Maudit, que j'ai hâte de sauter sur mon nouveau *bike* !

— Comment tu vas faire avec ta jambe ?

— T'en fais pas avec ça. La droite est en pleine forme et c'est avec elle que je vais « clencher » sur ma nouvelle Harley, si tu veux savoir.

Au moment où Charles lui avait demandé de rendre visite au motard, l'esprit de l'adolescent s'était remis à échafauder des hypothèses sur le sort de Maggie et de sa mère. Bob « The Snake » était de la génération de Lucette. Or, au cours d'une de ses visites à l'hôpital, celle où Alice l'accompagnait, Patrice avait entendu l'ex-Popeye faire allusion à sa vie de jeunesse à pétarader sur sa moto dans le grand Montréal.

Patrice fronçait les sourcils et se mordillait la lèvre inférieure.

— On dirait que tu as quelque chose à me demander, le *kid*. Veux-tu faire un tour de bicycle?

— Ouais!... Non... Euh!... T'aurais pas connu, par hasard, une Lucette Maltais?

— Lucette... Maltais... Non! Ça me dit rien. Je devrais la connaître?

— Non, pas spécialement.

*   *   *

Au retour de sa promenade matinale, Charles se remémora un doux souvenir en apercevant Patrice assis dans les marches de l'escalier arrière. Son baladeur prenait du repos. D'ailleurs, depuis quelque temps, les écouteurs lui servaient plus de collier que d'autre chose. Le jeune garçon s'était branché sur une autre musique.

— Aujourd'hui, tu sais quelle surprise je te réserve. Pas vrai ? Viens, on va préparer notre pique-nique.

En relevant la tête pour gravir l'escalier, Patrice aperçut Marcel Saint-Hilaire qui les épiait une fois de plus de la fenêtre de sa cuisine.

— Monte, Charles. J'ai oublié quelque chose.

L'adolescent fit semblant de retourner à sa bicyclette adossée contre le mur de l'entrée mais revint s'accroupir dix secondes plus tard sous la fenêtre du curieux, une pierre de la grosseur du poing à la main. La soupesant, il calcula la trajectoire qu'il devait imprimer au projectile.

— Non, Patrice ! Pas comme ça. Laisse-moi faire, je vais te montrer.

Charles fit demi-tour et alla sonner à la porte de son voisin. Patrice laissa tomber la pierre et se redressa, un peu surpris de l'initiative de son compagnon.

— Bonjour, Monsieur Saint-Hilaire ! Le jeune garçon que vous voyez là ainsi que moi-même, nous nous apprêtons à pique-niquer. Vous nous feriez un vif plaisir en nous accompagnant. Ainsi, vous seriez assuré d'une place de choix pour recueillir l'information la plus juste possible sur les rapports qui nous unissent l'un à l'autre. Qu'en dites-vous ?

Patrice, ayant vite compris le manège de son vieil ami, en rajouta en faisant mine de s'agenouiller les mains jointes.

— Allez, Monsieur Saint-Hilaire, dites oui !

Le petit homme se métamorphosa en thermomètre dont le mercure avait maintenant atteint la racine des cheveux, prêt à éclater. Sans dire un mot, il referma délicatement sa porte, souhaitant qu'on l'ignore pour un bon bout de temps. Patrice et Charles s'engagèrent dans l'escalier, plus que satisfaits de leur performance. Et lorsqu'ils redescendirent, quelques minutes plus tard, ils lancèrent en chœur un « Au revoir, Monsieur Saint-Hilaire » gros comme le bras.

La Studebaker ronronnait en frémissant de tout son habitacle, prête à foncer sur les routes les plus difficiles.

Les deux adolescents qui l'occupaient tentaient, à coups de klaxon et de cris, d'attirer l'attention du locataire du rez-de-chaussée. Peine perdue, le petit homme s'était terré et feignait de se désintéresser de tout ce chahut.

Elle ne payait pas de mine, la belle des années cinquante. Plusieurs la suivirent longtemps des yeux, s'interrogeant sur l'identité de cette ravissante étrangère. Aux intersections, les passants souriaient autant à la vue de la voiture qu'à celle de son conducteur. C'est qu'ils se demandaient si le vieillard n'était pas sorti d'un monde vieux de quelque quarante années.

Au départ, la voiture avait fourni un effort honnête pour suivre ses congénères beaucoup plus jeunes. Mais une fois sur la route 223, Charles et Patrice durent se rendre à l'évidence : leur bijou n'était plus de la parade. De peine et de misère, l'aiguille du cadran indicateur de vitesse oscillait autour des trente-cinq milles à l'heure.

— Charles, d'après mes calculs, ça fait même pas soixante kilomètres à l'heure ! Tu ne risquais pas de te tuer avec ça !

— Je me suis engagé à la faire rouler. N'oublie pas ! Et, de toute façon, ce n'est pas mauvais de freiner ceux qui nous suivent. Ça leur permettra d'admirer le paysage.

Le corps toujours droit, le regard fixé sur la chaussée devant lui, Charles saluait sans les regarder tous les automobilistes mécontents ou admiratifs qui klaxonnaient, en le doublant. Le bonhomme levait la main, comme si l'on avait interpellé un champion. Quant à Patrice, toutes ces manifestations le gênaient un peu. Il avait hâte d'arriver à Saint-Paul-de-l'Île-aux-Noix.

Vingt minutes plus tard, ils abandonnaient leur bolide aux regards des riverains curieux et prenaient place sur le bateau passeur des Croisières du Richelieu devant les conduire sur l'île. Le soleil brillait à quarante-cinq degrés et déjà la journée s'annonçait chaude et humide.

— On ne regrettera pas d'être venus prendre un peu de fraîche au milieu du Richelieu, tu vas voir !

Patrice comptait bien amener Charles à parler de Maggie. Son vieux compagnon devait bien s'y attendre puisqu'il avait déjà esquivé le sujet à l'hôpital.

— Allons de ce côté, Patrice. On va franchir le pont-levis arrière et monter sur le coteau. On a une vue superbe de là-bas, tu vas voir.

Charles aida son jeune ami à s'imaginer le général Montgomery pointant au sud pour livrer bataille aux Britanniques. Ou encore à sentir la présence des insurgés de la rébellion de 1837-1838 emprisonnés sur l'île, quand ce n'était pas à alimenter la crainte d'un raid du mouvement Fenian, société secrète révolutionnaire irlandaise. Pour participer au cours d'histoire, Patrice s'arc-bouta vivement, plia son bras gauche derrière lui comme le postabdomen d'un scorpion et tendit son bras droit vers l'avant.

— Arrière, les fainéants !

— Pas les fainéants, Patrice ! Les

Fe-ni-ans. Puis rengaine ton épée, garçon. On n'est pas au temps des mous-
quetaires. Prends un fusil, plutôt ! Ça
se passait vers 1860, ce que je te ra-
conte là.

Patrice avait bien entendu parler
de toutes ces choses dans son cours d'histoire, l'an dernier, mais il s'était dépê-
ché de les oublier après l'examen final
du Ministère. Cependant, les entendre
raconter par ce vieil homme, c'était
autre chose. Son esprit était devenu un
livre dans lequel Charles écrivait
l'histoire ; il n'aurait par la suite qu'à
l'ouvrir pour se la remémorer. Non, il
n'y aurait pas de batailles épiques sur
l'île ce jour-là. La journée s'annonçait
trop calme pour cela. Charles et Patrice
pouvaient pique-niquer tranquilles.

Sitôt le sujet de Maggie abordé,
Charles leva sa main, comme un butoir.
Il raconta, sans plus de détails, que
Maggie était sa petite-fille et qu'il ne
l'avait pas revue depuis très longtemps.

— Si j'ai prononcé son nom, c'est

que j'ai cru ma fin prochaine. J'ai eu une pensée pour elle, c'est tout.

Patrice comprit qu'il lui fallait insister s'il voulait en savoir davantage.

— Tu ne me fais pas confiance, Charles ? Ta sœur Alice m'a tout raconté.

— Qu'est-ce qu'elle t'a raconté, au juste ?

L'adolescent rapporta la conversation qu'il avait eue avec la sœur du vieil homme au terminus d'autobus. Quand il eut fini, Charles laissa échapper un long soupir, s'efforçant de retenir ses larmes devant cette épreuve attisée dans sa mémoire. Épreuve qu'il avait mis tant d'effort et de temps à oublier.

— Et ta fille, Lucette, tu n'as jamais essayé de la retrouver ?

— Ah, oui ! Si tu savais... À la mort de Cécile, j'ai tout essayé. Mais elle s'est employée à brouiller les pistes derrière elle. À un certain moment, j'ai cru avoir trouvé son adresse à Montréal. Quand je m'y suis présenté, elle avait déménagé. Je n'avais plus la force ni les moyens de poursuivre mes recherches. J'ai renoncé à retrouver Maggie le jour où j'ai compris que courir après un souvenir, c'était courir le risque d'être déçu. Au moins, ce que j'en retiens est heureux. Non... J'ai fait une croix sur tout ça en me disant que je devais penser un peu à moi si je ne voulais pas que la vie finisse par avoir ma peau... Et maintenant, qu'est-ce que tu dirais si on parlait d'autre chose ?

10

Un spectacle un peu loufoque s'offrait aux passants qui déambulaient rue Saint-Charles, en remontant vers le parc Mercier. Bob « The Snake » Rochon chevauchait sa nouvelle Harley, complètement grisé par sa liberté retrouvée. Sa jambe gauche encore plâtrée était soulevée et maintenue horizontalement à l'aide d'un support de fortune fait de fil de fer et de bois. On aurait dit un chevalier fendant l'espace avec un billot en guise de lance, un bûcheron jouant au chevalier de la cour du roi Arthur.

Pour manœuvrer le système de freinage, il avait mis au point un système tout aussi ingénieux qu'imprudent. Un câble métallique fixé à la pédale du frein était glissé sous le repose-pied et courait jusqu'à la manette du frein avant. Il lui suffisait alors de serrer le frein pour actionner tout le système. S'il n'avait besoin que du frein arrière, il maintenait la manette du frein avant ouverte, tout en soulevant, à l'aide de son coude, le câble métallique. Du travail de marionnettiste.

À l'arrière de sa monture, deux béquilles solidement ficelées au dossier formaient le V de la victoire, attendant que les choses empirent. Quant au vrombissement de la moto, il faisait se retourner les têtes bien avant qu'apparaisse l'énergumène la conduisant.

La pétarade frisa l'insupportable lorsque le motard s'engagea dans l'allée commune à deux immeubles et qui menait à l'arrière-cour. Marcel Saint-Hilaire n'avait pas mis de temps à bondir sur son balcon. Les deux bras dressés en l'air comme des aiguilles à tricoter, il vociférait en vain dans la tempête. Le vacarme s'estompa un peu lorsque The Snake immobilisa son engin et laissa tourner le moteur au ralenti.

— Sortez d'ici, espèce de voyou, vous vous êtes trompé d'adresse. J'appelle la police.

— Bob, c'est toi !

Patrice dévalait déjà l'escalier, intrigué qu'il était par la nouvelle acquisition du motard.

— Ah, bien ! C'est « l'boutte ». Ça fréquente des bandits qui passent leur temps à déranger les honnêtes gens, à polluer l'air...

Le bras à l'horizontale, l'index pointé vers son interlocuteur et interdisant toute réplique, Bob « The Snake » Rochon trancha :

— Hé ! moitié d'homme ! Tu veux que je t'en pose un dans le *kisser*, un *muffler*, oui ou non ?

— Fais pas le fou, Bob ! Ne t'en occupe pas. Arrête ton moteur et viens voir Charles en haut.

— J'suis venu parce que j'ai pensé à ton affaire de l'autre jour. Je pourrais peut-être t'avoir des renseignements sur...

Patrice posa son index sur la bouche pour indiquer au motard que le moment était mal choisi. Puis il l'aida à se libérer de son attelage, à prendre ses béquilles et à basculer la moto sur son pied. Pendant que l'ex-Popeye gravissait péniblement l'escalier, l'adolescent eut tout le temps d'exhorter son visiteur à ne rien dévoiler de ce qu'il savait devant son vieux compagnon.

— Je t'expliquerai. Tu m'emmèneras faire un tour de moto tout à l'heure.

*   *   *

La rencontre des deux ex-Popeye se fit en plein air, dans le parc Chambly, près des chutes. Bob « The Snake » Rochon, bien appuyé sur ses béquilles, s'apprêtait à livrer ses instructions à son collègue. Ce dernier, Roger « Juicy Fruit » Letendre s'était donné la peine de revêtir son blouson de cuir noir acheté vingt-cinq ans plus tôt. À voir ses chairs se mottonner à la ceinture, dans le haut du poitrail et à la nuque, il donnait l'impression d'avoir passé l'avant-midi à pousser sur ses bourrelets pour remplir son vêtement. Sa tête ronde et rouge faisait bloc avec ses épaules tandis que ses bras se ballottaient à une distance exagérée du corps. Patrice, assis sur une table de pique-nique, fixait le remous des chutes sans dire un mot.

— Juicy, si je t'ai demandé de venir me rencontrer, c'est pas seulement pour organiser un *party*. J'ai une proposition à te faire. Qu'est-ce que tu dirais de reprendre du service ?

— Voyons, Bob. Es-tu fou ? Je ne pourrais même pas me sauver assez vite après avoir fait un *finger* à un flic.

— Non, non ! Ce que j'ai à te proposer est tout ce qu'il y a de régulier. Je voudrais qu'on fonde une brigade affectée au service des personnes disparues.

Roger « Juicy Fruit » Letendre cachait mal son scepticisme. Il fallut attendre que The Snake explique davantage son projet pour qu'il commence à acquiescer des yeux et de la tête.

* * *

Les renseignements que Bob « The Snake » eut à transmettre à Patrice six jours plus tard au téléphone étaient bien minces.

— Il y a une Lucette Maltais qui a habité quelque part sur la rue Henri-Julien, à Montréal. C'est tout ce qu'on a pu apprendre, mon gars, je regrette. Pour aller plus loin, faudrait sonner à toutes les portes de la rue, t'imagines ?

— Non, Bob, pas à toutes les portes, je pense que...

Patrice avait « allumé », comme on dit, au nom d'Henri-Julien. Le souvenir d'une note griffonnée à l'encre sur le rabat d'un carton d'allumettes s'agitait dans son esprit.

— Viens me chercher, je l'ai, l'adresse.

Patrice venait de raccrocher quand Charles entra dans la cuisine.

— Qui c'était ?

— Ah ! C'est juste Bob. Il vient me chercher pour faire un tour de moto cet après-midi.

— J'ai peur que tu finisses par te casser la gueule avec lui sur cet engin-là.

— Bien non ! Bob s'est fait enlever son plâtre hier. De plus, il dit toujours que plus ça va vite, plus c'est stable.

— Ah, bon ! Comme ça, il devait rouler très lentement l'autre jour, quand il a pris le champ et qu'il s'est ramassé à l'hôpital.

— Heu... non... Il était saoul.

*　　*　　*

Au 3750, Henri-Julien, on ignorait tout de Lucette Maltais, tout simplement parce que les locataires actuels n'y habitaient que depuis six ans. L'ancienne concierge de cette maison de chambres, une dame Sirois, était décédée. Restait, peut-être, son fils qui pouvait l'avoir connue, mais on ne savait pas où le trouver. Nourris de l'espoir que le fils de cette dame Sirois habite toujours la métropole, Patrice et Bob « The Snake » décidèrent de téléphoner aux quatre cent quatre-vingt-sept Sirois de l'annuaire téléphonique de la ville de Montréal. Pour cette tâche, ils s'étaient installés chez Roger « Juicy Fruit » Letendre, à Chambly.

— Seriez-vous parent avec Mme Sirois qui louait des chambres sur Henri-Julien, il y a une dizaine d'années ?

La question entraînait invariablement une réponse négative. De sorte que vers le trente-huitième nom, la négation était devenue partie intégrante de la question.

— Vous n'êtes pas parent avec...

Il fallait de plus noter les numéros de ceux qui ne répondaient pas après six coups de sonnerie ou encore qui étaient absents. Au cent cinquante-septième, Patrice et Bob mirent fin à leur enquête. The Snake tendit la feuille sur laquelle apparaissaient les numéros demeurés sans réponse.

— Tiens, on va revenir demain, Juicy ! Si tu voulais appeler ceux-là dans la soirée, ça nous aiderait pas mal.

Deux jours plus tard, la langue épaisse et l'esprit abruti d'avoir répété tant de fois la même question, Patrice composait le trois cent cinquante-quatrième numéro.

— Je l'ai ! Il habite rue Saint-Hubert.

— Il a connu Lucette ?

— Sûrement, parce que, aussitôt que j'ai mentionné son nom, il a raccroché. On y va, Bob ?

— Tu parles !

Bien installé à l'arrière de la moto de son copain de motard, Patrice ne savait plus quel saint invoquer pour tomber sur un indice le conduisant jusqu'à Maggie. L'autoroute des Cantons de l'Est lui parut sans fin, comme un ruban de moebius. Son esprit se laissa entraîner et s'entortilla autour de toutes sortes d'hypothèses sur ce qui était advenu de la petite-fille de son ami Charles. Et quand, enfin, ils arrivèrent à l'adresse en question, c'est Bob qui dut ramener son passager à la réalité. La sonnerie de la porte d'entrée retentit cinq fois avant que ne s'approche la silhouette d'un homme. Malgré la mine peu rassurante du motard, l'homme enleva la chaînette de sûreté et tourna la poignée de la porte.

— C'est vous qui avez appelé tout à l'heure ? Comprenez, je ne voulais rien dire au téléphone, surtout que je ne savais pas qui vous étiez.

L'homme qui parlait ainsi se prénommait Michel et venait d'annoncer à ses deux interlocuteurs que Lucette Maltais avait fui, huit ans plus tôt, aux États-Unis, où elle avait succombé par la suite à une surdose d'héroïne.

— Ouais ! Mon pauvre Patrice, je crois que nos recherches vont s'arrêter là. Comment veux-tu que l'on retrouve la fille quand la mère est allée crever aux États ! Ton Charles a dû faire les mêmes démarches que nous pour arriver au même résultat.

— Vous parlez de la petite Maggie !

Elle est sûrement par ici.

— Comment ça ?

La question avait été lâchée en chœur, comme une bouée lancée à un mince espoir en train de se noyer.

— Eh bien, c'est par les enquêteurs des services sociaux qu'on a appris que Lucette était morte aux États-Unis. Ils étaient venus nous demander si on lui connaissait des parents. Mais jamais elle ne nous avait parlé de sa famille. On devinait bien à son accent qu'elle venait du bas du fleuve, mais sans plus. Vous savez, j'avais seulement quinze ans à l'époque. Maggie en avait à peine sept. Je la gardais souvent.

Patrice enregistrait tout ce que cet homme racontait sur la petite-fille de Charles.

— Je me souviens, j'étais là quand le monsieur dont vous parlez est venu sur Henri-Julien. Lucette avait ramassé sa petite et s'était sauvée en catastrophe par l'arrière. Elle ne voulait pas le rencontrer, elle nous avait dit de dire au vieux qu'elle avait déménagé sans laisser d'adresse. Nous, on a pensé que c'était un... un client qu'elle ne voulait plus voir. Quant à la petite Maggie, je n'en ai plus jamais entendu parler.

Patrice avait tiré le motard par la manche et l'avait entraîné vers la sortie.

— Viens-t'en, Bob. On retourne à Saint-Jean. Je sais qui aller voir pour avoir de l'aide.

— Doucement, bonhomme, ma jambe n'est pas encore aussi vite que mon *bike*.

11

— Un interurbain de M. Patrice Auger de Chambly. Acceptez-vous les frais ?

— Oui, oui !

— Madame Arsenault ? Je sais où se trouve Maggie !

— Quoi ? !

Le récepteur maintenu à distance comme si une déflagration venait de bousiller la communication, Alice Maltais-Arsenault s'était figée devant un Henri qui l'interrogeait du regard.

— Vous m'entendez ? ... Madame Arsenault ?

— Oui, oui ! Je t'entends très bien, mon garçon. Raconte-moi vite !

Sitôt sorti de l'appartement de Michel Sirois, Patrice avait demandé à Bob « The Snake » de le déposer au Centre de services sociaux de Saint-Jean-sur-Richelieu. Geneviève Lepage écouta religieusement le récit du jeune garçon. Elle fut d'abord étonnée d'apprendre tout ce qui était arrivé à Charles Maltais après leur rencontre à l'appartement du vieil homme, une quinzaine de jours plus tôt.

— L'important, c'est qu'il soit complètement rétabli, pas vrai ? Je suis très heureuse de l'apprendre. Et d'après ce que j'entends, j'ai toutes les raisons d'être satisfaite de ta participation à cette histoire. C'est une bonne note pour toi, ça.

Patrice raconta ses démarches pour retrouver Maggie. La représentante comprit à quel point l'adolescent comptait maintenant sur elle pour faire avancer les choses. Mais cette affaire ne relevait

pas de sa charge, et elle le lui dit claire-
ment.

— Mais vous connaissez sûrement
quelqu'un ici, au centre, qui pourrait
nous aider !

— Ce n'est pas aussi facile que tu
le crois. Pour ouvrir un tel dossier, il
faut d'abord recevoir une demande en
bonne et due forme, puis entendre la
personne qui l'aura produite. On éva-
lue alors les raisons motivant son geste.
On n'accepte pas comme ça de réviser
la décision prise par les services sociaux sans être certain que la situation
ne va pas se détériorer. Surtout si cette
décision date de huit ans. Parfois, il
vaut mieux laisser les choses comme
elles sont. M. Maltais pourrait faire une
demande, mais il n'est pas certain qu'on
y donnera suite.

— Oui, mais il ne sait même pas
que sa fille est morte et que Maggie a
été placée en famille d'accueil. Je ne
peux pas demander ça à Charles sans
savoir si ça en vaut la peine ! Vous pour-
riez la faire, la demande, vous ! Je veux

dire par là... sans la paperasse officielle. Moi, tout ce que je veux, c'est essayer de la retrouver. Après on verra. Si jamais ça marche, on appellera la sœur de Charles à Chandler, elle va nous aider.

— Mmm... Bon ! Je ne te promets rien, Patrice. Je vais voir ce que je peux faire. Je te donne des nouvelles dès que possible.

Alice Maltais-Arsenault acquiesçait de la tête au téléphone. Un représentant des services sociaux de la ville de Montréal devait l'appeler dès cet après-midi. Si Henri avait d'abord cru à une mauvaise nouvelle, les mimiques, les trépignations entrecoupées de « Patente, que je suis contente ! » le rassuraient maintenant tout à fait. Il ne lui restait qu'à connaître l'objet d'une telle exaltation.

— T'as donc bien fait de m'appeler ! Va falloir être prudents avec Charles. Imagine, la nouvelle risque de le perturber en grand. Il sort à peine de l'hôpital. En tout cas, je monte aussitôt que je reçois l'appel de Montréal, là. Et, cette fois, je me pointe avec Henri.

Le combiné remis en place, Alice se tourna vers son époux, posa résolument ses mains sur ses hanches avant de déclarer :

— Appelle ton *boss*, invente n'importe quoi, mais dis-lui que tu pars pour la semaine. Patente !

*   *   *

Charles finissait sa toilette non sans une folle appréhension de ce qui l'attendait. Dans quelques instants, après une séparation de presque douze ans, il allait revoir Maggie. Il avait beau s'y être préparé depuis quatre jours, il ne pouvait toujours pas se l'imaginer. Patrice était tout aussi fébrile que lui. Tellement, qu'il avait, par inadvertance, déposé la pâtée de Chenapan sur la table à manger, entre le beurre et la salière. Le 18 août allait-il être une date à retenir ? Henri et Alice étaient partis chercher Maggie à Montréal. Les parents

adoptifs avaient été plus que compré-
hensifs à l'endroit du travailleur social
qui s'était chargé d'établir les premiers
contacts. Ils n'exigeaient, en retour, que
le consentement de la principale inté-
ressée. Maggie n'avait pas hésité une
seconde. « J'ai un grand-père dont j'igno-
rais l'existence, vous imaginez ! » Ses
parents se réjouirent avec elle de cet
événement plus qu'inattendu. Alice et
Henri les avaient rencontrés tous les
trois pour préparer les grandes retrouvailles. Si Charles avait souffert, les
parents, par contre, étaient en droit de
s'assurer le respect de ce qui avait été
fait pour donner un foyer agréable à
Maggie.

De la fenêtre du salon, Charles et
Patrice attendaient depuis déjà une
demi-heure l'arrivée de la Oldsmobile
grise d'Henri.

— Les voilà !

D'un bond, Charles s'était dressé
pour voir les portières s'ouvrir. Une
grande jeune fille aux longs cheveux

châtains vêtue d'un jean et d'une blouse blanche très bouffante sautilla en sortant du véhicule.

— La trouves-tu belle ?

— Tu parles ! Retiens-moi, Charles, je sens que je vais faire un malheur.

— Elle a la démarche de Cécile.

Maggie traversait maintenant la chaussée et s'apprêtait à gravir les escaliers de l'entrée, flanquée de Henri et d'Alice. Charles s'était retourné et avait vite ajusté ses vêtements en interrogeant Patrice du regard.

— T'es beau comme un prince ! Tu m'enlèves toutes mes chances.

Elle n'avait pas seulement la démarche de Cécile. Elle avait les mêmes traits et le même sourire. Les circonstances de ces retrouvailles lui empourpraient légèrement le visage et mettaient à contribution ses yeux pers et brillants d'intelligence. Un mélange de gêne et de joie mal défini circula entre Charles et elle lorsqu'ils s'étreignirent. Presque au même moment, Bob « The Snake » Rochon et Roger « Juicy Fruit »

Letendre remplissaient l'air de la pétarade de leur bolide.

— Je tenais à ce que tous ceux et
celles qui ont contribué à nos retrouvailles soient de la fête.

Pendant le repas, installés chacun
à un bout de la table, Charles et Maggie
se jetaient des regards furtifs au début
puis, de plus en plus soutenus et ac-
compagnés de sourires. Chacun cherchant dans la physionomie de l'autre
une ressemblance, un souvenir, de quoi
planter un drapeau sur une terre
nouvellement découverte. Au dessert,
Henri contribua à casser davantage la
glace.

— Charles, j'ai apporté mon banjo.
Ça te tenterait, tantôt ?

Patrice avait bondi, accrochant la
nappe et renversant presque la fin du
repas sur les invités.

— Hé ! Charles ! Montre-lui que t'as
rien perdu !

Puis, se tournant vers Maggie :

— Tu vas voir, ton grand-père, c'est
tout un musicien. Il y en a une maudite

gang à côté de lui qui peuvent aller se rhabiller.

— Avant, j'ai quelque chose à montrer à Maggie, si vous permettez.

Charles s'était levé et avait invité sa petite-fille à le suivre au Parasol.

— Dis-moi pas que je vais pouvoir faire le ménage dans cette pièce-là !

— Une femme peut toujours rêver, Alice.

— Tu es sexiste, mon petit frère.

Le vieux ouvrit tout simplement la porte, resta à l'entrée après avoir laissé Maggie en franchir le seuil. Le sentiment qui habitait la jeune fille oscillait entre la tendre vénération de ces lieux et l'appréhension de l'inconnu, comme un frisson qui remonte l'échine avant d'irradier dans les omoplates et les bras, secouant le cœur au passage. Quant à Charles, il promenait son regard de la photographie de Cécile à la tête de cette adolescente, qui embrassait du sien tous les effets meublant la pièce. Patrice s'était approché et avait échangé un sourire avec son vieux compagnon.

Maggie s'arrêta quelques instants devant la photographie suspendue à la tête du lit, puis se retourna vers le vieil homme.

— C'est maman ?

— Non, c'est ta grand-mère.

*   *   *

Les deux musiciens ajustaient leur instrument sous l'œil amusé des spectateurs. Maggie ne savait pas trop à quoi s'attendre, d'autant plus que c'était la première fois qu'elle voyait un banjo à cinq cordes. Patrice anticipait déjà le ravissement que Charles lui avait procuré au début de l'été. Alice, elle, réclamait déjà le *reel* du pendu tandis que les deux motards, assis sur leur caisse de bières, trouvaient qu'ils étaient tombés bien bas.

— Regardez bien, Charles va se mettre à taper du pied avant de commencer à jouer.

« Ti-que-tan, ti-que-tan, ti-que-tac-que-tac-que-tan.

Ti-que-tan, ti-que-tan, ti-que-tac-que-tac-que-tan. »

Et le violon se mit à geindre, le banjo à frissonner. Deux minutes suffirent à mettre tout le monde debout pour danser le rigodon sous les consignes d'Alice.

Aux applaudissements du premier morceau se mêlèrent les protestations de Saint-Hilaire avec son manche de balai. Bob « The Snake » Rochon s'excusa auprès de Charles, tira sur la manche de son compagnon en annonçant qu'ils allaient revenir dans deux minutes.

Quand la sonnette d'entrée retentit, quelques instants plus tard, Patrice ouvrit la porte sur les deux motards tenant entre eux deux, à trente centimètres du sol, un Marcel Saint-Hilaire cramoisi et effrayé.

— On amène de la grande visite !

Ils installèrent leur victime sur les deux caisses de bières, et lui confièrent la tâche d'y replacer les bouteilles vides et d'en déboucher de nouvelles. Entre temps, le petit homme se devait de participer à la fête en tapant des mains et en souriant le plus naturellement possible.

— N'est-ce pas que tu aimes ça, moitié d'homme ?

Bob lui posait régulièrement la question en lui administrant une formidable claque sur l'épaule ou sur la cuisse, risquant chaque fois de lui fracturer les os.

Charles débordait d'énergie. Maggie lui donnait une seconde jeunesse qu'il s'employait à déverser sur son archet. Quoique dix ans plus jeune, Henri forçait en retenant son souffle et rougissait à chaque lancée que lui imposait la pièce musicale jouée.

La veillée dut pourtant prendre fin. Les motards offrirent à Marcel Saint-Hilaire d'aller le border, mais celui-ci insista pour que les choses en restent là. Henri et Alice allaient reconduire Maggie chez elle. Avant de partir, la jeune fille s'approcha de son grand-père et lui dit :

— Je vais être obligée d'ajouter

votre nom à ma liste d'idoles. Je vous promets de revenir bientôt. On a tellement de choses à se raconter, n'est-ce pas ?

Sur ce, elle lui déposa un baiser sur la joue. Charles la remercia du regard, incapable de dire quoi que ce soit.

*　　*　　*

— Je ne pensais jamais qu'elle pourrait s'appliquer dans mon cas, celle-là.

— Qu'est-ce que tu veux dire ?

— « On a souvent besoin d'un plus petit que soi. »

Patrice sourit. Les musiques emplissaient encore la cuisine de leurs notes sautillantes laissant planer sous le plafond la joie du moment. Chenapan jouait à faire le bibelot sur le bord de la fenêtre, comme un gage du bonheur tranquille qui allait suivre...

— Dans quelques jours, tu reprends l'école, mon gars... et c'est la fin de tes mesures de rechange...

— Qu'est-ce que tu crois ? Si je dois

casser une autre vitrine de bijouterie pour continuer à venir te voir, compte sur moi.

— Pas nécessaire.

Sur ce, Charles retira sa montre de sa pochette, prit le temps de la bien regarder et l'offrit à Patrice.

— Tiens, elle est à toi maintenant.

— Je ne peux pas accepter ça, Charles. Laisse-la-moi en héritage si tu veux, mais...

— Les choses importantes à léguer, faut le faire de son vivant. C'est pas bon de mourir riche. Et, à part de ça, qu'est-ce qui te dit que je ne t'enterrerai pas ?

Ils se laissèrent ce soir-là sur des projets de voyage en Gaspésie pour l'été suivant. Avec Maggie, peut-être... En tournant la poignée de la porte, Patrice prit de sa main libre la montre que Charles venait de lui céder et la porta à son cœur. Puis il se retourna vers son vieux compagnon en cherchant les mots pour lui exprimer toute sa gratitude. Pas facile de dire à un vieillard qu'on l'aime.

Le vieil homme comprit et lui lança :

— Allez ! À demain, Patrice.

DANS LA COLLECTION BORÉAL JUNIOR

DANS LA COLLECTION BORÉAL INTER

Infographie : Édition•Typographie•Conseils (ETC)

Montréal (Québec)

Achevé   Imprimerie
d'imprimer Gagné Ltée
au Canada Louiseville

En septembre 1991